布老虎散文

战疫纪事

池莉 等 著

北方联合出版传媒(集团)股份有限公司
春风文艺出版社
·沈阳·

图书在版编目（CIP）数据

战疫纪事/池莉等著. —沈阳：春风文艺出版社，2020.2（2020.5重印）
（布老虎散文）
ISBN 978-7-5313-5560-1

Ⅰ.①战… Ⅱ.①池… Ⅲ.①散文集—中国—当代 Ⅳ.①I267

中国版本图书馆CIP数据核字（2020）第028180号

北方联合出版传媒（集团）股份有限公司
春风文艺出版社出版发行
http://www.chunfengwenyi.com
沈阳市和平区十一纬路25号 邮编：110003
辽宁新华印务有限公司印刷

选题策划：单瑛琪	责任编辑：姚宏越 刘 维
责任校对：陈 杰	封面设计：杨光玉
印制统筹：刘 成	幅面尺寸：145mm×210mm
字　　数：168千字	印　张：8
版　　次：2020年2月第1版	印　次：2020年5月第3次
书　　号：ISBN 978-7-5313-5560-1	
定　　价：40.00元	

版权专有　侵权必究　举报电话：024-23284391
如有质量问题，请拨打电话：024-23284384

目 录

春花依然盛开 …………………………… 迟子建 / 001
守城的日子 ……………………………… 秦文君 / 005
致无尽亲情 ……………………………… 孙惠芬 / 009
回望,为了更好地前行 …………………… 滕贞甫 / 013
生天·疫 ………………………………… 吴克敬 / 019
心存敬畏 ………………………………… 次仁罗布 / 031
正月十二 ………………………………… 汤素兰 / 034
我在成都祝福你 ………………………… 罗伟章 / 038
等黎明到来 ……………………………… 叶浅韵 / 045
雪落在中国的土地上 …………………… 甫跃辉 / 058
祈愿与祝福 ……………………………… 杨献平 / 065
两场疫情,一样担当 ……………………… 陶 纯 / 073
坚忍的城市 ……………………………… 王 童 / 077
在手机里过平安年 ……………………… 艾诺依 / 082

在退掉前往武汉机票的日子里 ················ 李桂玲 / 088

隔离时期的爱与情 ······················· 池　莉 / 092
我与武汉同在 ························· 董宏猷 / 095
有你会平安 ·························· 徐　鲁 / 099
平凡的感动 ·························· 刘益善 / 104
最温暖的标识 ························· 李鲁平 / 112
静待春天 ··························· 匪我思存 / 119
明天是新的一天 ························ 叶倾城 / 123
灯火可亲 ··························· 舒飞廉 / 133
积极面对 ··························· 宋小词 / 140
愿这样的日子不会再来 ···················· 朱朝敏 / 146
两个人的团年饭 ························ 刘红霞 / 159
大武汉，会在爱中痊愈 ···················· 方　苑 / 165

逆风挺立，长沙在行动 ···················· 纪红建 / 171
镇长给我们送口罩 ······················ 晓　苏 / 186
朋友圈里发现的逆行者 ···················· 杨怡芬 / 192

信心与勇气 ·················	李燕燕 / 196
春光穿越疫情之夜 ·················	杨志宏 / 200
总有一些感动直击灵魂 ·················	殷君发 / 204
庚子年正月初八日记 ·················	廖瑞莲 / 209
时刻准备着 ·················	严心悦 / 215
夜访一线 ·················	李胜灵 / 220
妻子说我像个小黄人 ·················	贾　佳 / 229
一个基层抗疫者的春节 ·················	李　喻 / 232
妈妈，你为什么不去武汉 ·················	刘文娟 / 237
穿越隔离的爱情、亲情与勇气 ·················	丁　畏 / 240

春花依然盛开

迟子建

在我的故乡大兴安岭，这个庚子年的春节与以往的春节似乎没什么不同，带有"福禄寿喜"字样的春联，依然在门楣左右对称地做着千家万户的守护神；高悬的红灯笼仿佛是赴了多家酒宴，也依然在小城的半空，呈现着一张张红通通的醉脸；噼啪燃响的爆竹也依然给洁白的雪地撒上一层猩红的碎屑，仿佛岁月的梅花早早绽放了。但今年的春节又与以往有所不同，拜年串亲戚的少了，聚餐聚会的少了，外出佩戴口罩的人多了，围聚在电视机前关注疫情动态的人多了。

是的，去年年底暴发的新型冠状病毒肺炎疫情，像一条不断拉伸的毒蛇，已蔓延至全国。当太阳在蒙着霜雪的玻璃窗后冉冉升起时，我起床的第一件事就是上网查看疫情动态，看到雄鸡版图的深红颜色范围逐日扩大，警报一声比一声急，我的心阵阵作痛。这期间一些读者和友人给我留言，说在重读我十年前出版的长篇小说《白雪乌鸦》。我写的是一百多年前由俄国西伯利亚传入哈尔滨的大鼠疫，清政府任命剑桥大学毕业的医学博士伍连德为东三省防鼠疫总医官。伍连德亲临哈尔滨指导防疫，他在一个简陋的平房里做了中国医学史上首例尸体解剖，发现这是一种可以通过飞沫传播的新型肺鼠疫。在感染人数和死亡人数节节攀升的情况下，他果断上奏朝廷，要求控制铁路和公路交通，调动陆军封城，在哈尔滨傅家店设立隔离区，家家户户消毒，号召疫区人们佩戴口罩。这种被称为"伍氏罩"的口罩，也是伍连德发明的，它是用双层纱布，中间夹一层棉花做成的能遮住人半张脸的口罩，能有效抵御飞沫传染。我当年在省图书馆查阅鼠疫期间出刊的哈尔滨报纸时，看到了形形色色的趣闻和广告，有哄抬物价的不良商家，更有慷慨捐助防疫的有情有义的商人；有被鼠疫吓得精神失常的懦弱者，也有不惧感染给患者送饭的有担当的百姓。那时人们迷信生锈的钉子煮水喝，可以防治鼠疫，所以锈钉子成了金子。但最终战胜鼠疫的，还是科学。《白雪乌鸦》里有两章的小标题就是《封城》和《口罩》。

初六我从故乡小城返回哈尔滨时，看到火车站内有层层设防的检疫人员。由于我捂得太严实，体温检测在临界值，医护人员让我暂留，摘掉棉帽和围脖再测，结果显示正常，他们的敬业精神令我感动。而体温异常者均被安置到隔离区。登上列车，见所有的乘客都佩戴口罩，列车弥漫着消毒水的气味，可以说从中央到省委省政府再到市县，这次的疫情防控是决策科学、积极到位的。医疗战线的人员在一线救死扶伤，作家此刻能做什么？黑龙江省作协发出了对全省广大作家和文学工作者的倡议书，号召作家在积极配合防疫的同时，用我们手中的笔，书写和记录这个时期的感人时刻、动人瞬间。我们的倡议书发出仅仅几个小时，专用邮箱就收到了几十件原创投稿，他们中有九十二岁高龄的老诗人，也有在校大学生。他们以不同的艺术形式，传递给我们战胜疫情的信心和力量。

在这个特殊的时期，您外出佩戴口罩，就是对他人和自己最大的关爱，您不参加任何形式的聚会，就是为社会做贡献。我们向疫区武汉的每一个居家留守者致敬，同时也友善对待在外省的武汉人。当然，每一个在疫情高发期出来的武汉人，因为病毒存在潜伏期，即便您没有症状，也要先期做好个人防护，防患于未然。前年全国两会白岩松做了一个提案，大意是说如果放纵地域歧视，容易造成一个民族的撕裂。我在人民大会堂开会时碰见他，说："我要给你的提案点个赞。"此时万众一心地科学防疫，所有人都是手足兄弟。

我相信病毒这条毒蛇，终究会在不久的将来被消灭，春花依然会迎风盛开。但我们未来需要反思的东西太多太多，比如我们是否把野生动物看作人类最亲密无间的朋友,我在山里长大,知道它们也有满含情感的湿漉漉的眼睛;我们的社会公德心该如何加强;我们对医疗的投入是否有待加大;等等。

守城的日子

秦文君

以往每年春节,总会想方设法从上海跑出去。今年也不例外,原计划大年夜、初一、初二在上海守在老母亲身边,和亲友团拜、聚会,初三起和先生外出远足,度过真正自在的新春佳节。年前早早完成票务,订了一个周边美食众多的宾馆。1月20日,钟南山院士披露情势严峻的疫情,和先生一商议,当晚退票,决定守城,哪里也不去。

新年里,号称不夜城的上海没有喧闹和浪漫,隔窗望着淮海路,整日里异常冷清,人流极其稀少,恍然觉得仿佛回到当年山村的知青点,过年时同伴们回去了,留下少数几个留守在寂静的山中。眼下空城一般,好在城市的肌体健康,井井有条,一切在平安运转。新春佳节,我尝试在网上买药品等物,快递小哥飞快地送来了。

新型冠状病毒肺炎疫情让人和人隔离开，亲人不能相见，不能握手拥抱、聚餐，可彼此的牵挂更深了，相互叮嘱每天量体温的有，邮寄口罩或医疗用品的也有。我已多年不给老母亲写信——她住在离我一条街的小区。八十九岁的老母亲听力差，不用手机，说话和动作也很艰难。非常时期，送菜的阿姨回乡去了，除安排母亲的餐食，我便给她写信、留条子，每次把字写得格外大，便于她不但能听我口述，在我不在身边的时候还能反复读。大字版的信会分析疫情，说服她万万不要出门，说的明明是实情，读起来却好像带一点小小的恐吓。母亲之前经常抱怨有些人对老者有不信任心理，这次我逗她说："老年人扬眉吐气了，你的同龄人钟南山太牛了。"

一起困在家里，为把病毒闷死，其实也不容易，整日被海量的信息包围，难免产生焦虑。朋友之间诚挚地各道珍重，那些坦诚交流如一道道阳光，化解可能有的尖锐的不安，大家还相互分享：我们能做些什么？

沉下心后，我想：做自己该做的，能做的。疫情当前，很难整天埋头书斋，但对于作家而言，讴歌疫情中的人性之光，整理社会形态的痕迹，留下一些思想碰撞完整的记忆，何尝不是做自己该做的，又何尝不是在其位呢？

至于能做的，限于专业，大多数人难以横刀立马，去前方抗击疫情，救人性命，能做的就是共同承担，尽己所能做些贡献，周围的朋友各自忙，或声援前方，或捐款捐物，尽菲薄之力，并不留名声张。守城的日子，这样的事做成一件，陡然添了久违的亮光。

我在你身边，我们都在守城！守城的日子里一些极小的承担，也让我感动，少儿读物促进会的年轻同事，在居家隔离十四天期间，始终不停地为小香咕大讲堂的微信公众号写稿，推送一些在非常时期符合儿童天性、帮助小孩缓解焦虑的方式和方法。作为一个儿童工作者，深知对于天真懵懂的小孩子来说，大人不恐惧了，小孩才能安心。重要的不仅是小孩被教育得守规矩，更要形成让小孩健康成长的大环境。

守城的日子不出门，却和城里城外的每个人密切相通，有病毒感染者去世在一米宽的医用小铁床上了，会触发很多人的隐痛。有病毒感染者康复出院，也必有很多人为之振奋。

在非常时期守城，内心也在守诚，这"诚"字格外大，格外亮，敬仰无畏的英雄，赞赏那些真诚规矩、和我一起守城的人，感恩无私为他人的医护人员，感恩为我们守城人默默服务的人。记得守城之初，有人来电话，建议我们多囤积吃的用的，先生酷爱户外生活，每天忍不住要出去走一次，但每次去市场，他只买一两天的必需品。在特大城市里，能做到超市里什么都有，凝结着多少人的心血和智慧，如真有困难，我们就带头过极简生活。

相信天佑中华,相信守城的日子很快会过去。疫情过后,相信我们能守住真诚,经过这场没有硝烟的战争,未来会更崇尚科学,激发良知,更加大气,也更加理性。

致无尽亲情

孙惠芬

婆婆的红花毛衣、紫花马甲,三个嫂子和堂姐、大姑姐、小姑子、弟媳妇以及与大嫂同住一个楼的妹妹每人一条围巾,备好送娘家、婆家两个家族女人的过年礼物,就剩给三个哥哥的酒还没买。那是腊月二十五,离大年三十还有五天,似乎一切都还来得及。可就在第二天晚上,《新闻联播》播报了惊人消息,武汉发现了新型冠状病毒肺炎人传人病例,专家钟南山发出警告:每个人都要注意防护。之前知道武汉有不明原因肺炎,但从不知道会人传人,有些震惊!

第二天一早,丈夫就去药房买了两包医用口罩,我们行动迅速,并不源自对疫情的了解,而是一种弱者思维——丈夫十月份做了手术,所以长达三个月时间,他都没有回家看望母亲。是我们回家过年的高涨热情,促成了我们的高度警惕。然而，腊月二十八开始，口罩突然紧缺，想再去补买，已经断货。紧张是一点点升温的，通过网络，知道事态已经非常严峻。于是不得不更改计划，变买酒为买水果。买酒，需要去大商场；买水果，路边超市到处都有。

这是三十多年来从未有过的。

回家，回家，在故乡庄河的家里，我有无尽的亲情。续接这无尽关系，年，是一个重要媒介。年轻时，不喜欢这媒介，那时一心向外，加上生活压力沉重，年所连接的故乡亲情，是一个把你往下拽的包袱。随着年龄增长，似乎不一样了，你觉得你需要被往下拽，因为你只有在被拽的一刻，才能感受到你的根扎进了土地。

可是，腊月三十下午，开车行驶在从大连返回故乡的高速路上，你总觉得哪里不对，你觉得那个重的东西不在前方，而在身后，它使前方的故乡变得飘忽，使与亲人相见的热情变得飘忽，而到达庄河，第一个来到婆婆面前，那重的东西，则变成一股巨大的拉力——丈夫见到母亲，居然不敢靠近，局促的样子，仿佛自己是瘟疫。

事实上，那个重的东西早在腊月二十九的上午就砸下来了，武汉封城，随之，每一个来自微信的消息都重若千斤，亲情在意识里飘忽，是疫情在全国的扩散左右了情感神经。当你知道你自己就可能是一个传染源时，远离无尽关系自然成了本能。

然而，戴口罩在县城的婆婆家待一小会儿，到小镇上的大哥家站一小会儿，晚上来到小镇娘家的老房子，和弟弟弟媳一起守岁，初一、初二、初三，切断与无尽亲情的接触，时时刻刻盯着手机微信，那个令人揪心的武汉，那个迅速扩大到全国的生死搏斗战场，竟然缔结了心底一层又一层深不可测的关系……

在一个个医护人员没有拿起除夕夜的碗筷，就离家踏上抗疫征程的时候；在医护人员因为防护服紧缺，一件不得不穿三次，而另一些医护人员被感染还要向家人隐瞒的时候；在雷神山、火神山医院火速开建，24小时向全社会直播督建视频的时候；在满载救援物资的飞机、火车，一批又一批从国内外开往武汉的时候；在感染科主任听到战友电话泪水滂沱的隐情被揭示的时候；在中科院病毒所科学家夜以继日寻找病毒元凶，不断有好消息传出来的时候；在国务院通知，如果感染者住不了院，就可通过微信上的新增功能直接上报线索寻求帮助的时候……

在这数不尽的时候，感动、敬畏、悲哀、悲恸、焦灼、振奋、难过、激动，当心打通了与疫情有关的所有关系，波澜起伏的情绪变化，便成了我与2020年春节最真实的关系。

此刻，一切都还在继续，我愿意在这样的关系里停留，愿意和患病的人们，和在救生命于危难之中的人们，和与亲人隔离咫尺天涯的人们，同频共振。虽然我知道这对你们毫无帮助，也不能减轻你们丝毫痛苦，但此刻，你们是我无尽关系中最亲的关系,我没办法不与你们感同身受。

    因为感同身受,我祈愿这样的关系早一天结束!因为感同身受,我祈愿春暖花开的时候,我们每个人,都能平安回家,回到我们家族血脉最亲的亲情里!

回望，为了更好地前行

滕贞甫

庚子开年这场突如其来的疫情，如同炼狱之火疯狂肆虐，又如同一个隐身的幽灵在城市乡村、厂矿田畴间游荡，迷雾罩江汉，愁云笼九州。这场炼狱之火，燎去了杨柳岸的晓风残月，燎去了销金窟的轻歌曼舞，也燎去了某些人贴牌的华丽外衣，将原本遮掩的羞处裸示于人。

面对炼狱之火，在感恩那些心怀大爱的救火者、点赞那些义无反顾的蹈火者的同时，我们是否要思考，不能因为有人扛雷负重，就对自身的轻松心安理得，也不能因为岁月静好，就对造化的诡谲盲目自信。思考是对来路的回望，人类走到今天，是一个不断回望的过程，曾老头子能每日三省吾身，我等凡夫俗子做到十年一回首应该不难。

大战当前，需要直面相迎，奋勇冲杀，也需要回望来路，斗智斗勇。回望是为了趋利避害,也是为了更好地选择战略战术,那么,在拿捏选择这个关键词时,当做哪些思考呢?

对此,有人选择了对苟且者的批判,有人选择了对愚蠢者的谩骂,有人选择了对不幸者的祈祷,还有人选择了对火场逆行者的讴歌,等等。黑云压城,抗疫胶着,谁都可以宣泄已经纠结成刺猬般的情绪,谁都可以释放加压如河豚般的愤懑,互联网和自媒体提供了这个便利,融入社会的方式只需在屏幕上戳来戳去。

我理解大多数人的选择,毕竟炼狱之火所到之处,是一种焚化,是一种毁灭,对于生命和情感来说,是无法比拟的摧残。我没有指责任何人的权利,让每个人吐出肺腑中的郁闷,至少有利于肺炎的康复,中医认为忧伤肺,是说人在悲伤忧愁时,便会抑郁,耗散气阴,出现感冒、咳嗽等症状。疫情汹汹之时,感冒咳嗽这些症状足可以让你被隔离、被疏远,所以,无论从大局计议,还是从个体着想,该发的牢骚发发也无妨,天塌不下来。当然,社会和百姓需要的是建设性的批评,而不是自作聪明的马后炮。

面对炼狱之火,如果你不在一线灭火,如果你有一定的时间,不妨回望一下来路。澳大利亚正在燃烧的森林大火,数以亿计的野生动物命丧其中,当看到电视上那些萌萌的考拉被烧得面目全非,看到憨憨的袋鼠端坐炭化时,我想到了一个问题,有些被烧死的袋鼠离无火的戈壁并不远,它们原本是通过戈壁边的草场进入森林，结果因为不记得来路，东突西奔，在不知所措中被火焰夺去了生命，而它们其实与回草场的路近在咫尺。记得小时候，我居住的村子东面有个榆柳乱生、杂草疯长的乱葬岗，我要去就读的那所中学恰恰需要穿过这片坟场。每次放学经过坟场，那种鬼火荧荧的恐怖感令我每根头发都要竖起来，儿时听过的鬼怪故事会一幕幕浮现在眼前。有人说走坟场万万不可回头，一定要大胆往前走，我将此话当成宝典，经过那里时总是加快脚步。但是，走在坟冢之间我经常会感觉到身后有沙沙声响，我快它快，我慢它慢，穷追不舍地跟着我，让我惊悸万分。人到惊恐极致会绝地反击，就像吓死前会拼上性命大吼一声，当我被追得心悸腿软时，干脆就止住脚步、双手握拳回望一下身后到底跟着什么。我想，假如真有厉鬼害我，至少在被害前我要看清厉鬼的模样，否则岂不是稀里糊涂成了冤魂。我明明听到有跟随的沙沙声，回望时却只见朗朗月光，每次就这样走走停停穿过了那片坟场，从那时起，我悟到了回望的好处。

面对炼狱之火，我觉得不妨回望一下来路，回望什么呢？当然不是回望风景，更不是回望荣光，要回望的是厉鬼的模样，受戕害的生命和被忘却的疤痕。

厉鬼曾经真实地出现过，在十七年前的那个春天。那一次我到北京出差，为了防控非典疫情而严管的京城，马路上空旷无人，街两旁店铺紧闭，中学时走夜路的恐怖仿若又出现在我的身后。当时有很多人逃离北京,因为北京是疫区,也有很多人赴汤蹈火,因为北京是战场,名不见经传的小汤山一夜成名,年过花甲的钟南山临危受命。这一切,回望中本应该清晰如鉴,然而仅仅过去十七年,那一幕已被淡忘。一位伟人说得好,忘记过去就意味着背叛,遗忘者背叛的是什么呢?是那些与死神较量的英雄,是血和泪写就的教训!我们只顾往前走,不愿回头看,因为前面是幸福的憧憬,是甜美的梦想,而回望往往是痛苦的反刍。人要想不重蹈覆辙,经常回望是最好的选择,不要图走得多么快,关键要走得稳,一次马失前蹄,足可以让你前功尽弃。

戕害生命的行为时时都在发生。华南海鲜市场不足为奇,我在很多城市见过类似的交易场所。恩格斯说,是火把人从动物界分离出来,这是文明。今天,炼狱之火又把人和动物勾连起来,这便是野蛮了。当炼狱之火燃起的时候,有人怪罪于果子狸、蝙蝠、竹鼠和穿山甲,要知道这些不会说话的动物从来就没有与人为敌过,不仅如此,这所谓的四大替罪羊要比人类存在得更早哇,人家才是地球村的土著。我们的先哲为了让人和动物和谐相处,创造了诸多神话,制定了诸多戒律,甚至总结了诸多因果,目的就是让人们对其他生命存一点恻隐之心,慎杀、少杀、不杀它们,这些理念是人类最初生存经验的结晶。不得不承认,我们从来不缺少真理,我们缺少的是对真理的回望,缺少的是对圣人之言的敬畏。

疤痕，也许对于战斗者是勋章，对于懦弱者是耻辱，对于经历过坎坷的人来说则是苦难的路标。路标存在的意义不仅仅是丈量距离，它更是回望来路的参照，它让人的回望不至于被海市蜃楼所置换，不至于被霓虹烟霞所虚化。疤痕在，痛点不会麻木，疤痕被美图，溃疡就变成了内伤。对疤痕的回望是不幸记忆的回放，尽管痛苦，但能避免伤疤复制，那些被同一块石头绊倒两次的人，不仅可怜甚至有些可恨，为这些不长记性者疗伤，已经消耗了太多的资源，而这些资源原本是极其有限的。

面对炼狱之火，我们在回望来路中擦亮历史的罗盘，找出今日的坐标。

人们自然不会忘记发生在1910年冬天东北的那场大瘟疫。上书朝廷封闭山海关，挑战民俗底线在东四家焚烧疫尸，不迷信法国专家坚持飞沫传播观点，这些都出自伍连德医生的担当。年纪轻轻的伍连德在半年内控制住疫情，拯救了千千万万中华儿女，这是无法超越的功德。以当时中国的卫生条件，一旦鼠疫入关并在中原大地蔓延，将无疑是欧洲中世纪黑死病惨剧在亚洲的重演。回望这段历史我们当然会明白，人命关天，要不计功过利禄；生死考验，当牢记誓言承诺。

回望来路，当然还要放眼征程，回望是精神的自省，是磨难的砥砺，而不是萎靡、颓废和无所作为。当我看到机场、车站一排排整装待发,准备奔赴江汉疫区的医务工作者时,我被深深地感动了,我知道那些队伍中很多人还都是稚气未脱的孩子,他们用义无反顾的出发告诉我,新的来路,必须由他们踏出!

生天·疫

吴克敬

宅在家里睡觉,突然成为被鼓励和提倡的事情,谁经历过呢?

庚子年春节,就让国人因为一场新型冠状病毒肺炎毫无准备地给遭遇上了。有人肯定是在家里睡得无奈了,竟还有心借用唐人的诗句,乱凑一首打油诗来调侃:锄禾日当午,睡觉好辛苦!睡了一上午,还有一下午。晚上接着睡,实在太痛苦!这首打油诗,自网络推出来,便广泛传播。我就有同感,以为平时总是少觉睡,把自己欠下了。结果却非人所想象,睡觉多了,竟然是一件让人烦躁、叫人难受的事情呢!

幸好我的手头上有一个长篇在改,似还好过一些,响应防疫号召,坐在家里埋头攻克自己的文字作业,倒也很受安慰。

不过我又岂能独坐温柔乡,而双耳不闻窗外事。电视、电脑，特别是手机，滚动式连续不断地发布着疫情消息，让我不能不有所警惕。那重重叠叠的消息告诉大众，暴发在湖北武汉的新型冠状病毒肺炎，可不是那么恭顺呢！人可以传人，如果是个"超级传播者"，一人竟然可以传播二十余人。这太可怕了。

可喜的是，祖国的组织力量是强大的，四面八方的战疫勇士，形成了一支战胜疫情的浩大队伍，往急需他们的武汉集结。火神山、雷神山，两处为战疫新建的专门医院，十几天便拔地而起，全面接收患者在此无偿医治。相信不会太久，这场蔓延中华大地的新型冠状病毒肺炎，定会被智慧的国人所驯服。

这种痛苦的记忆，在我国的历史长河里还有许多，如2003年的非典。开始的时候，非典是多么猖狂啊，结果还不是败在了我们国人面前，成为一阵历史的烟尘。

更早一些的记忆，可能不是很清晰了，但并不会忘记。我听母亲就曾说过，1929年，先是一场持续了多半年的大旱，庄稼颗粒无收。国家的救济又严重滞后，导致百姓大量死亡，饿殍遍野。如此惨象竟然持续了三年之久，到了1932年，又暴发了"黑水泻"疫情。

"黑水泻"就是陈忠实先生在他的长篇小说《白鹿原》里所说的"虎烈拉"了。干旱加上瘟疫，使贫困老百姓雪上加霜，束手无策，进一步加剧了灾难的严重程度。

榆树皮拌蔺根面，一斤还卖数十钱。

大雁粪，难下咽，无奈只得蒙眼餐。

山白土，称神面，百姓吃死万万千。

老幼相见无所谈，彼此只说饥饿言。

饥饿甚，实在难，头重脚轻跌倒便为人所餐。

大路旁，或死后，或死前，可怜身体不周全。

人肉竟作牛肉卖，街市现有锅煮煎。

家有亡人不敢哭，恐怕别人解机关。

尸未入殓人抢去，即埋五尺有人剜。

…………

我在小的时候，村里有在那场惨烈年馑中活过来的人，要用这样一段民谣，述说当年的苦难。然而这也仅是天旱无所食的问题。到了瘟疫"虎烈拉"蔓延的时候，情况比饥饿造成的惨状，就更胜十倍了呢！

我有一个笔记本，为我的文学收集资料，就记录了多个关中县志里有关"虎烈拉"瘟疫，对于关中的贻害是怎样的悲惨，让人几乎是不敢回顾了呢！

《千阳县县志》载：因染病者发热恶寒，上吐下泻，眼睛凹陷，抽筋转腿，全省灾及57县，死亡十三四万人，许多村庄绝村绝户。流行西府三月之久，各县村庄几乎家家不免。传染最重的是铁路、公路沿线的村镇，如扶风县的城关、杏林、新店和绛帐等地。人怕染疾，而不敢出门，死尸遍野，却无人掩埋，任其腐烂发臭。

《眉县县志》载：全县患者总数2719人，三个时辰死亡1189人。

《周至县县志》载："虎烈拉"流行，近万人被夺去生命。仅终南豆村，就有112人患病，死101人，村中全家病死者25户。

《潼关县县志》载：那年7月4日一天之内，"虎烈拉"夺命90余人，黄河停渡，举县惊骇！

《宝鸡县县志》更有这样一首民谣，记录了"虎烈拉"给当地百姓造成的苦难是多么深重：

李四早上埋张三，中午李四又升天。
刘二王五去送葬，月落双赴鬼门关。

当时的民国政府很少有人站出来给老百姓说明情况，也很少见人下到村子里去指导防疫抗疫。一切就只看老百姓自己怎么办了。

我的老舅家在扶风县的豆会夏家村。小时候常去老舅家走亲戚看外婆，发现外婆收藏了一个竹编的草筛，非常普通，却被她老人家挂在自己的头顶上，仿佛圣物一般，四时八节，都要取下来，供奉在祖先的案桌上，为这个普通的草筛上香祭拜。我好奇外婆的作为，开始问她，没问出什么来。直到外婆临去世要把草筛传给我的母亲时，才从母亲的嘴里知道，这个普通的传说确实不普通。

1932年发生"虎烈拉"时，外婆还年轻，她在生育了我母亲和小舅前，是还生育了两个大舅的。"虎烈拉"泛滥了，夏家村呼啦啦死了几十人。外爷操心上了自己家，他当时给他那个还算殷实的家庭，准备建造一栋两面滴水的大房子，就事先往家里购买了两木轮大车的生石灰。外爷不知听谁传讲的，把生石灰化开一些，满院子泼洒，对预防瘟疫有好处，即把一个家泼洒得白晃晃都是生石灰的味道。干完这一切，外爷不知何因，把家里喂牲口的那个草筛，铺上干爽的短麦草，搁在了那堆生石灰上，把尚在哺乳期的小舅和比小舅大了一岁的母亲抱进草筛里，要外婆看着他俩，他则拉着槽头上一头驴子、两头牛，领着两位大舅，出门去了。

在大门外，外爷用一把大铜锁，把大门严严实实锁起来，便远走得不见了人影。

那是一场生死别离的情景呢！外婆居然没有哭，草筛里的小舅和我的母亲都没有哭。其实，此前的外婆、小舅和我母亲，都是特别爱哭能哭的人呢。

没有哭的外婆与草筛里的小舅和我母亲守在家里，无事不下石灰堆。有事了，就把小舅和我母亲收纳在草筛里，搁在生石灰堆上，她自己颠颠地颠着一双小脚，动火爆炒一些棋子豆，还有黄豆、玉米豆，拿到生石灰堆上来，外婆自己吃那些爆炒的豆子，吃一些下到肚子里，化成奶水，喂养小舅；吃一些在嘴里，嚼得烂了，挑在舌尖上，给我母亲的小黄嘴里渡……当年外婆给我母亲怎么渡食，我没法见识，但我母亲后来把这一绝技学习下来，到我有了孩子，母亲给我的孩子、她的孙子渡食了。尽管我的妻子有点不能接受，但奈何不了母亲，就只有放任母亲给我的孩子、她的孙子渡食了。

那样一种渡食的方法，如鸟儿觅食回来，给巢穴里的小鸟渡食一个样，既是母性生活的，又是温馨美丽的。

生石灰堆子和那个普通的草筛，陪伴着外婆，护佑着小舅和我的母亲，熬过了那场要命的"虎烈拉"，没有迎回来外爷，还有两位大舅。他们舍家外出，是死是活？外婆四处打听，都没有打听到一星半点的讯息，仿佛虎虎实实的三个汉子，连同被他们牵走了的那头驴子、两头耕牛，都悄没声地在人间蒸发掉了。

还好有一只狗，有一只猫，有一群鸡，陪伴着外婆、小舅和我的母亲，守在家里，使夏家一脉不至于断了香火。

那堆生石灰早就没了踪迹，但那个草筛因此留下来，外婆临去世还要小舅和我母亲收藏。小舅和我母亲，倒也听话地收藏了三年，最后到外婆去世三周年的时候，小舅和母亲到外婆的坟前,才把草筛投进一堆纸火里,烧给外婆,做了外婆的祭品。

给外婆烧那个草筛时,我没来由地哭了个稀里哗啦。我的哭泣,揉进小舅和我母亲的哭声里,很容易分清,我的哭只是一种单纯的哭,而小舅和我母亲的哭,是还带着些絮絮叨叨的诉说呢。小舅和母亲的诉说,杂七杂八,许多是不好说清的,但有一句我听了下来,而且清晰地记着,从此就没有忘记。

小舅和我母亲在哭诉中,言辞十分悲伤地控诉了一只老鼠!

我听得感到蹊跷,仔细听来,这才知道,那场发生在1932年的"虎烈拉",原来是可恶的老鼠造成的。最新暴发在武汉的新型冠状病毒肺炎疫情,虽然还没有最后的定论,但仅从公布出来的信息看,问题也是出在了动物身上。

这可是太要命了,为什么人的健康,总要受到动物的影响?

这似乎还怪罪不到动物的头上。人不够理性,不够自省,追根问底下来,其实还是人的问题。动物何罪之有?全在于人的嘴巴,太馋了,而且还奇葩,见什么都想吃,都要吃,不吃不显身份,吃了身价暴涨!网络上那位吃蝙蝠的妙龄女孩,何等时尚啊,生生地埋头在一只装着炖熟了的蝙蝠的食盆上,那一通饕餮,非非常之人而不能为之,而不敢为之!

出来这么大一档子事情，饕餮了蝙蝠的女子，上网检讨了，不过网友似乎没有买账，口诛笔伐，好一番批判。

对网友的批判，我不好说什么，因为我自己的嘴巴，似乎也没那么纯洁。

掐指算来，此事已经过去了近三十年。我一次公差广州，为我接风的当地朋友设宴款待我，其中有道"游龙戏凤"的菜品，端上桌来了。我感兴趣的是那道菜品的名字，就对着这个大得醒目的汤盆，指问汤盆里何者为龙，何者为凤。朋友用筷子拨着汤盆里的一条蛇说，此为龙矣！又拨着汤盆里一只锦鸡说，此为凤哩！我愕然，始终没敢下箸。朋友一再鼓励，万不得已，拿勺子舀了两口汤，勉强咽下去，算是了了那一场大宴。

陕西人在饮食上应该还算传统，死猫烂狗绝对不会做成菜吃了的，遑论锦鸡与蛇、蝙蝠及其他。

就如这次疫情暴发后，揭露武汉那家海鲜市场，野生动物交易是非常活跃的。从电视报道的画面上看得出的，锦鸡、蛇、蝙蝠之外，还有穿山甲、孔雀、老鼠崽、狼肉、野猪肉等，不一而足。那画面真是太醒目了，而且血腥，使人不忍直视。

我女儿转发我一幅漫画。画面上有一位长者，手持一根皮鞭，训斥跪在他面前的小子，指教于他，老祖宗百代千世，驯化出来的牛、羊、猪、鸡、鸭，就是要人来吃的，还不够你吃，嘴馋得胡吃乱吃，小心着了祸患！画面上在长者的身后，就是驯化了的牛、羊、猪、鸡、鸭，而在小子的面前则是未被驯化的锦鸡、蛇、蝙蝠、穿山甲、孔雀、老鼠崽、狼、野猪等。

恰是这样一幅不算专业的漫画，让我看到了即有一种振聋发聩的惊醒。

残忍的牙齿……饕餮者的牙齿呀！

天上龙肉，地上驴肉。龙肉真的好吃吗？相信是没有人吃过，说说只是过个口瘾。而驴肉常为桌上餐，但是宰杀驴子的手段太残忍了。山西一个地方，卖驴肉的在街市上，按照驴蹄的大小，挖四个土坑，把驴子的四蹄夯进土坑里，夯实了，就用他们带到街市的桃树条子一遍遍地抽打，打得驴子呼天抢地，生不如死，但又不能让它死，活活地抽打着，直到抽打得驴毛在驴身上一根不剩……再是河北一个地方，吃驴肉的方法与山西有一比，杀驴的屠夫，在街市上栽四根木桩，把驴子的四条腿分别捆绑在木桩上，一锅一锅地烧来沸水，拿柄大勺，很有耐心地往驴子的身上浇泼，直到驴毛从驴子身上浇泼得脱干净了，即依食客的要求，在驴子的光身子上活剐了。

这还不算最残忍的，关中西府的凤翔县，出产的腊驴肉，旧时作为贡品，是要进献给皇宫里呢。特别是俗名"钱钱肉"的驴鞭，在割取的时候，血淋淋已经不是"残忍"两个字能概括了，应该用上"恐怖"才适用。屠夫牵来一头草驴，还必须是很有些"姿色"的草驴，于待宰的驴子面前晃悠，惹得那头驴子的鞭物充血壮大，大到不能再大时，屠夫背藏一把利刃，悄没声接近着驴子，瞅准时机，只见一道白光闪过，驴子的鞭物即被割下来，抓在屠夫的手里了。

可怜的驴子啊，我该怎么为你喊冤哪！

我想我的喊冤是没有用的，饕餮们张大了嘴巴，流着涎水，等着驴子的肉来饱口福呢。

动笔到此，我记起刘亚洲将军著文说过一些他的经历，参加招待会，主人家席间上来一道冷菜"龙虾刺身"。龙虾是刚被活剥了壳，剐下肉来，削成一片片的。但是龙虾还活着，眼珠子滴溜溜转，放射出可怜的光！刘将军停箸于餐桌上，脸露愠色……将军就此还想到苏州那个温柔乡里的一道"松鼠鳜鱼"的菜，一条鱼被刮、被切、被油炸，端上桌还务必活着，嘴巴翕动，似乎不如此不足以显示厨师的手艺。宾客频频点头，大快朵颐。

刘亚洲将军在那篇文章中还列举了几种让他无法接受的吃法。他呼吁，希望我们国人，能在自己的嘴上积点福，别那么变态。

我是赞同将军的看法，也响应将军的呼吁。

这与篮球明星姚明的一个公益广告异曲同工，是很让人服气的。针对野生动物的生存状态，姚明说了一句话："没有买卖，就没有杀害。"他的这句话，放在新型冠状病毒肺炎的预防上,有着巨大的补益。武汉那家海鲜市场,如果不做那样的买卖,蝙蝠、蛇,又岂会被想要猎奇还想炫耀的那些饕餮者买去吃进腹中,造成今天这样的大事件?

管好自己的嘴,迈开自己的腿。有糖尿病的朋友都知道这话。把这句话借用一下,送给饕餮者们,给自己的嘴巴设一道岗,不会死人,还会健康自己哩,又何乐而不为!

佛教经典《正法念处经·观天品》认为,行十善者死后转生天道,并进一步阐释:"一切愚痴凡夫,贪著欲乐,为爱所缚,为求生天,而修梵行,欲受天乐。"对此,严复先生在他的著述《和荆公》中亦有解释:"生天成佛者,都是有牺牲。"

中午出小区,在小区大门外的超市购买蔬菜,交费时听收费的小妹轻声说了一句话,说她天天上班,口罩戴久了,耳背上都戴出血来了。她说的话,让一直以来守在家里睡觉的我汗颜了。我因为疫情,有理由待在家里,而许多像收费小妹一样坚守岗位保证市场供应的工作者,能怎么办呢?就只有长长久久地戴上口罩,使自己的耳背继续流血了。如此想来,我动容了。

我所以动容,既为坚守在工作岗位上的收费小妹他们,还为离家别亲,前去支援武汉战胜疫情的各省医务工作者,他们是我们这个时代最可爱的人。

在支援武汉的我省医务工作者中,我的两位朋友。他俩出发时与家人告别的视频,我在微信中看到了,也收藏了起来。

面对送行的妻子儿女,他们也难舍难分,他们也有泪在流,但他们是义无反顾、毅然决然地转身而去,去了全国人都关心的武汉。我在这里要祝福他们,祝福所有在武汉一线战疫的人。

你们是英勇的,你们是英雄的,我们等着凯旋的日子!

心存敬畏

次仁罗布

今年的春节和藏历新年正好隔了一个月,很多时候两个节日之间只相差一两天,我是1月14日回到拉萨的。随着在西藏做生意、打工人员返乡,拉萨城变得空荡荡的,失去了往日的喧闹和拥堵,那几天天气也是阴沉沉的,非常冷。铁鼠年就这样到来了。没有想到的是"武汉""新型冠状病毒肺炎"这两个名词成了出勤率最高的词,一下攫住了人们的眼睛。拉萨从春节初三开始进入抗击疫情的战斗中,一切娱乐场所和旅游景点都暂时关闭了。拉萨人通过手机和电视关注着武汉的疫情。拉萨药店里的口罩、消毒液销售一空,甚至糌粑都被抢光了,大家突然进入一种惶惶的氛围里。每天最主要的事就是在手机上打开腾讯新闻,看"抗肺炎"频道。拉萨城里人人都戴着口罩,饭馆、商店、发廊一一开始关门,但人们的情绪逐渐恢复理性了。

可能是不习惯整日待在家里，各种调侃憋闷的小视频，在微信和抖音里发来发去，以此消解这时间的漫长。也有人发来藏族祖先关于蝙蝠的文章，以此证明藏族先人的真知灼见。西藏文艺界也以书法、摄影、诗歌等各种形式，祈福湖北尽早战胜疫情。对我个人来讲，我在文学创作上能走到现在这个地步，跟武汉是紧密关联的，是武汉的刊物和编辑发现和扶持了我，才使我走出了藏地，我心里始终对他们满怀感恩。也巧，我的小孩高中是在武汉西藏中学读的，那里的老师对藏族学生的成长付出了艰辛的劳动。当疫情逐日扩散，武汉被封城，成为一座孤岛时，我们只能祈祷那里的所有人能平安度过这次劫难。

二十多年前，我读过加缪的《鼠疫》，可能那时没有经历过这种灾难，对所叙写的那种遭际，没有产生强烈的共鸣。后来，我国发生非典，对这种灾难性疫情有了切身的感受。2004年读到了北村的长篇小说《愤怒》，其中让我印象最深刻的是序中引用的《尼金斯基手记》中的那段话："我不需要邪恶——我需要爱。人们以为我是个邪恶的人。我不是。我爱每个人。我写出了真实。我不喜欢虚假，我需要善良，不要邪恶。我是爱。"我们每个人的心里应该有敬畏，那是与自然，与万物和谐相处的法则。记得我小的时候，每年第一次吃到时令的水萝卜或苹果、桃子时，老人都会教我们念一遍："请你让我吃掉你，求你千万别伤害我！"长大后觉得这是个很幼稚的行为，甚至觉得有些可笑。但是后来看到《和谐拯救世界》的片子时，其中有一段讲日本的一位科学家从世界各地的江河湖泊里采集水，然后倒进试管里，上面用世界各种文字写上"爱""恨"两个字，让其冰冻结晶。写有"爱"的结晶体花纹很漂亮，写有"恨"的结晶体花纹极其丑陋。由此可见人心与自然万物是相通的。我们的内心应该有敬畏，唯有如此，我们才能躲过很多劫难，与地球融洽地生存。

当下医护人员和科研工作者正夜以继日奋战在抗击疫情的第一线，其中有人被感染离世，让我们扼腕叹息，敬佩这种崇高的牺牲精神。文学应该记录这个艰难的时刻，但需要时间的沉淀和升华，不是为了歌颂，而是为了反思，为了杜绝中华大地上再次袭来一次灾难，为了阻止更多的生命凋谢，家庭破碎。

正月十二

汤素兰

早上醒来,习惯性地打开手机,看那冰冷的数字。新增确诊,新增疑似,新增治愈,新增死亡。红,黄,蓝,黑。

在昨天之前,这些红色、黄色、黑色的数字虽然令我心情沉重,但似乎还是离我遥远。

然而就在昨天,立春日,收到远在上海的好友的信息:阿汤,今日立春,只想祝福你和你的家人。这个年,让我一连失去两位亲人,大舅和姑爷爷……

我的上海朋友是湖北人,因为读书,早就离开湖北,在上海工作,父母也不在湖北,我根本没有想到她还有亲人在湖北,而且正遭受这样的不幸。

我立即给她打电话。询问。安慰。然而,除了悲伤,无能为力。

立春日，阳光蜜似的流满天地之间，空气明显暖和起来，然而，因这电话和信息，阳光暗淡下来了。那新增的死亡数字里面，有两个数字是这样近而具体。

除了悲伤，真的无力。而这种无力之感，弥漫在春节的每一天里。

除了自己好好宅在家里，除了每天提醒父母兄弟姐妹好好宅在家里，不知道自己还能做点什么。

1月29日，湖南省政协的杂志组织委员们用短视频的方式，为抗击疫情加油鼓劲，我立即响应，第一时间录制了一条。这是我能做的。

2月2日，因为N95口罩短缺，杂志社希望委员能动员大家把N95口罩留给医务人员，需要录制短视频或者写一段话拍成照片。我没有N95口罩可以捐献，但是，写一段话拍成照片，我可以做到。

我写了这样几句话：我是政协委员汤素兰，在这非常时期，我呼吁大家把N95口罩留给医务人员。我们少用一片N95口罩，奋战在一线的医务人员就多一分安全。

这几句话，我抄写了六遍，选了其中一张，拍成照片，发给编辑。我的字写得不怎么好，但我要写得认真，在写的同时，心里有了一丝安慰，仿佛觉得自己总算为这场战疫尽了一点力。

今天是立春的第二天，天空中阳光晴朗，楼前高大的锦叶白兰含满花苞，只待开放。

然而，红色的、黄色的、黑色的冰冷数字还在增加。但是，也有好消息。蓝色的数字增加得更快了，意味着治愈出院的人越来越多。武汉除了雷神山医院和火神山医院交付使用之外，还建了更多的方舱医院，可以收治更多患者。

9点30分，手机上又收到上海好友的信息。她先是转发了一个朋友圈的截图，里面有一条群众可以紧急求助的信息，主事者是人民日报社湖北分社，信息称，如果有无助的新冠肺炎病人，他们承诺在第一时间帮助安置，实现救治。她说，她表妹的情况比较危急，她不知道这条信息的真假，也不知道如何能联系上他们。

她表妹，前几天连续失去了父亲和姑爷爷，如果病情危急得不到有效的救治，对这个家庭来说，真是雪上加霜。

我很着急，可是，茫茫人海，到哪里去证实这消息的确实性，又到哪里去找联系方式呢？

我的大脑飞快地转起来，我把自己所有的朋友排查了一遍，有个北京的朋友似乎能够去证实这个消息。于是我立即把信息转发给在北京的她，先问这条求助通道是否确实，如果求助通道确实，她能不能找到联系人。我告诉她，因为我朋友的表妹已经确诊，情况比较严重，却暂时没有办法住上医院，这位表妹已经连续失去两位亲人，我真希望她能得到好的医治。我们知道湖北有关部门已经尽全力在救治新冠肺炎病人，可是，每天新增的数字那么庞大，医院排队等候救治的人那么多，如果这条求助线索是确切的，无疑就是一条救命通道。

我9时46分发出信息。10时12分，收到北京朋友的回复："马上。""在路上。""确实是真的。"我没有问她，是在上班的路上还是在询问信息的路上，但求助通道是真实的，这太好了。不管她是在上班的路上，还是在帮我询问信息的路上，我都满怀希望地等待着。

立即，北京的朋友发来了那个电话号码，我第一时间把电话号码转给上海的朋友。

一整天，我都在祈祷，在等待。

18点，我接到了上海朋友的信息，她的表妹通过那个求助电话，在人们的帮助下已经办好相关手续，明天就可以住院了。

我松了一口气，我相信，表妹会平安的。

我发信息给北京的朋友，感谢她的帮助，她说："阿汤，不客气，生命危急，不能置之不理。"

今天是正月十二，立春第二天。因为可怕的疫情，上海、北京、武汉、长沙，人员隔离，但情意与援助不会隔离。立春一日，水暖三分。暖的春天会来的。

我在成都祝福你

罗伟章

近一年来,因工作需要,我也用了微信,算是被逼着与时俱进了一回。但到底只把微信当成短信用,几乎不刷朋友圈,对这次疫情,开始便只是听说,并没"看见",而且以为很快就能止住。直到有一天,记得是1月22日,我去单位,出门前儿子递上口罩,说是他网购的,刚到货,非让我戴上。我虽接了,却嫌小题大做。那时候,成都戴口罩的还不多,街上车水马龙,满城灯笼高挂——今天过了,再过一天,就是年三十了,眼里心里,都是年的味道:喜庆里几分忧伤,热闹中几分落寞。但这忧伤和落寞,也是美好的,安宁祥和的。

然而,武汉封城的消息很快传来。

封,就是密闭,就是隔绝,进不去,也出不来。当我们能自由进出的时候，进不进去，出不出来，都无所谓，可不让你进，特别是不让你出，分明里面鲜花铺地，也会生出窒息般的压抑感。何况那是病源区、高发区。立刻想到武汉的师友，发去信息安慰，叮嘱注意安全，多加保重。这样的话实在苍白，但此外我还能做什么呢？就像过后几天看到各地医护人员驰援湖北，集结武汉，恨自己当初没学医，否则在这关键时刻，也能出手相助。

刘醒龙先生回信说："因为有你，孤城不孤，我心不孤！"我想，他定是用这话去回复所有问候他的人，他的感激、旷达和豪情，反而让我添了酸楚。

风声日紧，贺岁档电影都撤了，儿子是学电影的，本来预订了两部，只好退票。年三十下午，四川启动一级响应，关闭博物馆、图书馆、风景区，停止各类活动。我家附近，就是"惊现古蜀文明"的金沙遗址，一年一度的"成都金沙太阳节"，多日前就筹备停当，只等年关开门迎客，结果却是花团锦簇的拱门外两个对称的福字，还有门梁顶端两只披红着绿的老鼠，日日翘首空盼。口罩也吃紧了，我的几个同事都没口罩可用，说是准备用内衣自制。

老老实实待在家里，似乎就是对国家的贡献了。

不逛街，不聚会，对我们一家三口来说，倒也并非难事。平时，我和妻子各居一室，在书桌前忙碌，儿子放假回来，也是待在自己房间，看影片或写剧本。但总得休息。我休息的方式，除了看体育节目，就是和妻去磨底河边散步。以前换上鞋就走，现在得多道手续：戴口罩。我大概是脸型长得不对，无论怎样侍弄，气流都关不严，顷刻间雾了眼镜，脚底模糊，寸步难行。这也罢了，据说口罩用过几次就得换，甚至说用一次就要换，但儿子当初也估计不足，仅买了五只，他小姨虽又送来几只，还是远远不够。那就不出门？我前面说了，平时可以不出门，但告诉你不能出门，那感觉就变了，坐不是，站不是，躺也不是。你觉得是被囚禁了，"出去"的念头，如干枝着火，如火上浇油。

人还好说，咬牙忍一忍，终究能忍些时候。

猫不行。

我家前前后后养的数十只猫，都是流浪猫出身，自由惯了，平日里，半夜出半夜归，叫一声，就给开门。流浪猫的领地意识，让它们永远居安思危，在家蜷上一小会儿，就出门巡视，去墙角、树下、垃圾桶旁，蹭一蹭，喷几滴尿，表明这是它的领土，警告觊觎者收心，误入者小心。我多次对它们说："别费神，你那没用。"可我又不是猫，我怎么知道有用没用，万一真的有用呢？即使有用，也劝这些天了。无论咋劝，都不管用，在家乱窜乱嚷，喵一声，又喵一声，越嚷越响，类同嗥叫。没办法，只好给它拴上绳子，像遛狗那样出去遛几圈。

儿子为此很恼怒，说猫出去，猫也要戴口罩！说这次病毒，分明就是动物传染的，虽是野生动物，但我们家的猫，本来就跟野生动物差不多!

这些90后、00后的家伙,更知道珍惜,好像也更有责任感。网上多条消息说到这批孩子,怎样有条不紊地筹募物资,支援武汉。也是这批孩子,督促家长遵章守纪,注意防护,既为己,也为人。就说戴口罩,稍上年纪的,多少都有些抵触,是孩子逼着戴,孩子以恨铁不成钢的口气,反过来教育父母。还比如洗手,我弟弟打电话说,他去门口站一下,女儿让洗手,扫了地,女儿让洗手,抽支烟,女儿让洗手,他一天要洗三四十次,"一点都不习惯,气人得很"!

是的,谁也不习惯。

怎么可能习惯呢?

往年的春节,出门旅行,饱览河山,亲朋欢聚,饮酒作乐。于是觉得,这一切都是自然而然的,理所应当的。可是突然,连父母家都不好走动。上地铁前,有人拿个机器在你额头一扫,测你体温。从早到晚沿街吼叫的喇叭,不是告知广场上有节目看,而是反复提醒,少外出、戴口罩、勤洗手,所谓"宅、戴、洗"三字诀。

这是一场灾难。灾难不打一声招呼,说来就来,而我们有足够的精神准备吗?我们有猫一样的警觉吗?居安思危,不只是来自春秋时代的古老成语,它贯穿我们的生活,因为"思则有备,有备而无患"。必须承认的是,对这个世界,我们还知之甚少,未知太多,没有人敢说对一切都有把握。

所以要"备"。

另一方面，这何尝又不是一次机会，教我们反思和检讨？

你不是在挨饿，不必非要捕食野生动物。可我们觉得，动物被人吃，也是自然而然的，理所应当的。灾难报道中，常常会听到一句很欣慰的话："幸无人员伤亡。"没说过动物。澳大利亚火灾倒是说了，目前死了大约5亿只，"几年后才能恢复"——说得这般轻描淡写。早闻澳大利亚是个特别爱护动物的国家，但在这次事件中的迟钝和乏力，让我怀疑。即使不从生命本身出发，只为人类自身着想，大自然也是人类的皮肤，轻慢自然，是扒人类自己的皮。

我们还应该反省的是，在家里怎么就待不住了？不扎进人堆，不去追风逐浪灯红酒绿，怎么就如此焦躁不安？《盥盘铭》说："溺于渊犹可游也，溺于人不可救也。"我们被暂时强制不"溺于人"，怎么就这样空虚无聊和烦闷起来？我们是否丧失了偶尔慢下来的能力，同时也丧失了让自己安静片刻的能力？

平时不大看手机，这些天也看得多了。我看到了各种各样的消息，也看到了各种各样的人。我从别人身上看到了自己，也看到了共同的命运。这意思不是说，我只从那些提供偏方、捐款捐物、奔赴前线等热心人和崇高者身上看到了自己，不是的，我也从卑微者身上看到了自己，包括那些恐慌的，散布谣言制造恐慌的，帮不上忙还偏要冷嘲热讽的，还包括那些从病源区归来却不如实报告的。我把自己放在我的面前，悉心审视。

最后我对自己说：真可怜。

可怜的不是坏，而是渺小。

就在昨天，离成都很近的一个地方，有人发病了，他前些时从武汉回来，隐瞒行踪，还到处打牌，待他病发，街坊怒了，百余人拥到他家紧闭的大门外，吼，骂，砸。我相信，他也不是坏，他就是怕隔离于人群，就是想过正常的生活，就是不愿也不敢正视和规约自己的渺小。而那些骂的砸的，同样渺小，也同样可怜。

我们做了，我们终将付出代价……

妻子加入一个微信读书群，有人在群里发问：这场疫情对你的生活将有什么改变？或者说，你打算做出怎样的改变？

回复者甚众。

比如：注重身体，加强锻炼。

比如：珍惜当下，学会宽容。

比如：认真生活，爱己爱人。

比如：以前厌倦工作，现在想工作。

获赞最多的一条是：

以后对医务工作者好一点。

此刻，又有千余名医生护士，正踏上去武汉的列车或飞机。

从电视里看着那些或高大或瘦小的身影，我禁不住热泪盈眶。我想起鲁迅先生的话:"我们从古以来,就有埋头苦干的人,有拼命硬干的人……这就是中国的脊梁。"

我祝福你们。

我祝福所有人——每一个人。

等黎明到来

叶浅韵

刚开始时,以为这场新型冠状病毒肺炎疫情离我们很远,远在武汉,远在湖北。千山万水之外,人们在屏幕上还有心思开着漫不经心的玩笑,轻松地以为,疫情会像一阵风吹过。没有想到这是一场全人类的灾难,迅雷之势难掩四方耳鼻,意外在明天抵达之前汹涌而至。

在一个重要的传统节日里,回家是辛苦一年的不二选择,旅行也是给自己负累的身心放一个小假。无论是武汉人,还是北京人、上海人、云南人、山东人、河南人……许多人并不知道自己的身体携带了病毒,更多人没有意识到自己身边潜伏着病毒。隔着呼吸,隔着一个喷嚏,隔着一个体温计,病毒就戴着邪恶的皇冠,在人类的身体上称王称霸。

一些人在岸上,一些人在火里,一些人在水里,一些人已埋进土里。人心惶惶，却又束手无策。城池之下，四处告急。一座城封了，一座城闭了。外面的人不敢进去，里面的人不敢出来。把绝望和希望扔给一座英雄的城市，这是多么悲壮的选择呀。一首《武汉伢》唱哭了多少人，一声声"武汉，加油"牵心挂肠，那座我还没有到过的城市，心心念念在每天。给师友发去问候，互道珍重，像是在风萧萧的易水河边，看彼此飘然别离的背影。

资讯通畅的时代，风和影都在任人捕捉。我扯着一片云彩，回四平村过年。雪在年三十的夜里，无声地落在黑暗中。竹折的声音未停，一边欢喜，一边心疼。四平村的周围种满了翠竹，它们是村子里的人们在闲暇时的手艺，用它来换油换米换盐巴。数十年未见的大雪，让竹子经受了严峻的考验。它们没有青松的身板，却承担着人类关于气节的指代。四平村居有竹，食有肉，如今已过上了小脚奶奶们不敢想象的生活。停电，接连数日停电，外面的世界和消息一时被大山阻挡了。白茫茫的雪遮挡了大地上的事物，若是可以冻死那些病毒该有多好哇。可是医学科学已经告诉我们，病毒怕热。春天未至，却开始盼望盛夏来临。可是，季节是不会错乱的。错乱的只是人类贪婪的心。

后山的小路上覆盖着厚厚的雪，穿上棉衣的树很敦厚，一些不知名的鸟儿在啾啾鸣叫。一个人的白色世界，好像离荒诞已经很远了。踏在雪地上，冰凉从足底侵袭上来，吱吱的声音在放大着山谷的空寂。忽见一些足印，野兽的，一定是。一共有两种，其中一种的足印很深，猜想是麂子或是岩羊，另一种是圆形足迹，浅搁于雪地，像是害怕身边的非同类，一直没敢走在路中间。我循着它们的足迹，上至半山腰，树木越来越茂密，这两样足印就忽然消失了。担心在这深山野外，又是极少见的冰天雪地，它们是否找得到食物。

许多年来，我都已经忘记它们的存在了。从前，它们是村子里有经验的猎人惦记的美味和钱财，他们下扣子勒住它们，把它们变成食物和钞票。除了它们，还有穿山甲，我在刀下见过它们哀伤的眼睛。后来，它们都从我的视线中消失了。四平村的人再没有人惦记它们，或许它们已经学会了远离人类，学会了怎样才能避开生存的风险。雪地踪影，令人陡生欣悦。前面的松树上有雪簌簌落下，抬眼就看见一只漂亮的长尾巴野鸡，我曾在这座山上与它的同类多次相遇。

白雪素裹的山崖上有一个黑洞，像山的一只眼睛，洞里有各种昆虫、蛇和蝙蝠。小时候，我跟着胆大的哥哥们进去过几次。他们说，要带我去寻宝藏。好奇心让我们的冒险有了许多新奇的发现。洞里有好看的石头，石头上挂着许多黑蝙蝠，哥哥们羡慕它们有倒挂金钩的本领，回到家里就模仿着练习。当他们终于能把身体靠着墙壁倒立的时候，他们成了我心中会飞的鸟儿。

村子里流传着一个古老的故事，传言这山上有一个洞在等一个对的人去开启。后山上有个村子的名字叫铜鼓箐,曾经有一个放羊人误闯入洞里,里面有很多金银财宝,他把自己的裤脚和手袖扎起来装满了宝藏,转过身来,石洞的门就关了,他只好把身上的财宝一件件往外丢。每丢一样,洞口就开一点缝隙,直到他把所有财宝都丢完,石门终于够他的身子出去了。这故事还附带着一个妇孺皆知的顺口溜:铜鼓配铁鼓,配得银子万万五,若是有人识得破,够买云南四川府。这个有鼻子有眼睛的传说让这座山变得很神奇,四平村的人在这里找到了水,找到了生命的源头。

我的哥哥们,或者说村子里的所有人都希望自己成为那个幸运的人。事实上,许多年过去,四平村的人没有成为故事里那个识得破的人。他们只是识破了人不能贪婪的本相,常常告诫子孙后代:人眼不见的地方天眼见;不是自己的,一分也别多要;天上如果掉下馅饼,一定要躲远点,别让它砸伤了自己。

我们自由出入一些洞里,像是探险一样,充满了未知的刺激。我一直不能分清蝙蝠是鸟类还是兽类,它长着乳头,也长着翅膀。二哥说,它会飞,肯定是鸟。三哥说,不对,我看见有小蝙蝠在吃奶。青山两岸的石洞,每一处都是它们的家园,有光射去,它们扑棱棱飞起。村子里的老人说,蝙蝠是偷吃了盐巴的老鼠变的。小孩子们便深信不疑,认为蝙蝠是坏东西。它们在黑暗中生活,人们在光明下劳动,彼此互不打扰。偶尔有飞进屋子里倒挂着的一两只蝙蝠,通常被主人家认为是不吉利的象征。有心的主妇,也许还要系上一根红带子,像送神一样送走它。

在这场疫情发生前,我从来不知道蝙蝠也是可以被人类当作食物的。它被强穿上文化的外衣,寓意为"福",成为餐桌上满足人们玄幻口味的猎奇物。这别扭的谐音,与我儿时所受的教育是背道而驰的,太像一个蹩脚的寓言故事。它们已经长得那么不像食材的样子了,为什么还有人敢吃它们呢?在我的家乡,每个山洞都是它们的乐园,从来没有人有这么大胆的假设,连念头也不曾有过,以致我如今看见,惊诧不已。

我祈祷这场噩梦赶紧结束。可是发达的交通却像成了这场疫情的帮凶,它们载着许多人的思念奔向亲人,回到称为"故乡"的衣胞之地,带着满腔的乡愁和爱恋,团聚在一个春天的节日里,共叙家常,同享天伦。我担心迅速传播的疫情,会成为时代的心痛。我说,口罩。他们说,尽情浪漫,别扯口罩。小山村的夜晚,黑灯瞎火,点燃两支红烛,猜想外面的世界。我又说,严峻的形势应该还在后面。他们说,别乱说,不会的,一定不会的。我的父老乡亲永远对未来存留深刻的希望,这与他们在土地上的劳作多么一致呀。年遇冰雹旱灾水涝,叹息几声就算过去了,还要顺口说一句"天作的天自会收,天有天的排谱"。在四平村,我常常会有一种错觉,像是这村子里都居住着一些最朴素的哲学家,他们毕生在践行"道法自然"。

我想起了古代帝王要观天象，如遇天灾，必然是自己做了失德的事，以此来检省自己，鞭策自己。四平村的人也深受影响，他们会在家里发现异端时，向神灵求助，以此来矫正自己的行为。

不知外面世界的人，依旧走村串户，仿佛这场疫情真的离我们还很远。村子里的大喇叭已经四天没有响了，没有了电，我们都回到了从前。每天准时响起的大喇叭，已经成为村子的一部分，父老乡亲习惯了通过耳朵来听外面的世界。每当我要向妈妈宣扬什么政策时，妈妈就指指那个大喇叭，她说，我早知道了。没了二手及多手口舌的传播，上下贯通的知晓让许多东西日渐清晰。可是因为停电，它沉默了，我们无法猜测外面的疫情。村子里有外出打工回来的，他们在浙江、四川，没有从湖北来的人，倒像真是把心安放在肚子里了。

每天带着孩子们打水漂石、捉小鱼、捡花石头、吹树叶、玩手影子戏，把我童年的欢乐都翻了个遍，除了悬崖峭壁上的那些山洞，那些需要四脚四手才能进入的山洞。在清澈的小河边，姐姐紧握住我的手，她嗔怪我有一双冰凉的手，像蛇一样冰凉。天哪，蛇，姐姐，能是别的吗？我们遇见过一百次一千次蛇，但依旧害怕蛇。说好吃的东西满嘴生香，说起这蛇，像是头发也要直立起来了。她说，你还记得吗？你六岁时，我们放学回来，大河刚涨了水，我拉着你过河，你的伞掉在水里，为捞那把伞，你掉进河水里，我也掉进河水里，河水差点把我们冲走了。多少年了,我一直在做噩梦,梦见你被水冲走了。我在寒风中大笑,我说,姐姐,我们若是被冲走了,这老魏家的损失就太大了。姐姐和她的女儿笑得花枝乱颤,还有她家那个毛脚女婿,河南小伙子,考上公务员在昆明当警察,这次准备回河南老家过年,因为疫情退了票。帅得跟明星似的小伙子很是讨喜,嘴甜心善,四平村的人说姐姐白捡了一个大儿子,我姐姐姐夫就笑得眼睛都找不到了。

第四天,电来了,忙着充电。然后拿着手机满村子找信号,到河边断断续续地收到一些信息。病毒重新回到我的身体里,揪扯着我的心肺。夜里,鞭炮的声音响了起来,知是沟边居住的婶子没了。妈妈说,她才五十四岁,年长命短的事,只有天说了才算。婶子有两个大辫子,做事麻利,笑容似春风,有一次去街上回来就变成了短发。她自豪地说,卖了大辫子,换得一口高压锅和一把伞,兜里还剩得十多块钱。这种卖头发的事情,我的妈妈最早干,家里没钱买粮食,她卖了头发换粮食。有一次,她的头发又换得我的学费,收头发的生意人去外婆家村子里,四姨一眼就认出那是我妈妈的辫子。就连我奶奶也舍不得把梳落下来的头发丢了,她收集了藏在墙洞里,等收乱头发的人上门,换几枚绣花针,或是换一个塑料盆。

四平村年年都有人死,也有人生。后山的墓地里埋着这个村子的根,他们来自遥远的闽中,有一个古老的堂号:巨鹿堂。先祖们带着对生的希望,接受流放入滇的命令,躲过战乱和灾难，被迫一次次迁徙，最后在这个窝风纳气的偏僻小地安居下来，开始另一个故乡的建设。子子孙孙，生生死死，死死生生。追溯源头，更得神会。是的，每一个人都是这样，从出生开始，就是踏上一辆开往死亡的列车。在这趟车上，上演人世的悲欢离合。即使是在同一趟车上，人类的悲欢也并不相同，却因为有光、有爱、有温暖和对自由的向往，而让每一个可以停驻的小站充满期待，让每一个可以成为故乡的异乡匍匐深爱。

回城的山路上，我像一个错过了许多精彩的人，一刻不停地操弄着手机，越看越令人心焦。铺天盖地的消息，样样显得有理有据，要在这些言论中找到一个舒适的坐姿，需要太多的知识和见识，一不小心就会被人牵着鼻子，成为炮灰和帮凶。如果心和脑的余额不够也可以充值的话，我需要一张新的信用卡。

人性的善恶，善无不至，恶亦无不至。忽地想起黑格尔的那句话：人类从历史中吸取的最大教训，就是人类不会从历史中吸取教训。背脊迅速寒凉。网络上，有人在咬文嚼字，像嚼一块已经没有任何香味的口香糖，他们在练习肌肉和口沫的冠状谱白。有人在奔赴重灾区，流下的眼泪和立下的誓言是这个时代高贵的勋章。有人在建设武汉"小汤山"，热火朝天的场面让人类的希望在短时间拔地而起。有人在发黑心财，有人在捐血汗钱，有人在消毒，有人在撒毒。眉毛胡子一把抓去，有眼泪鼻涕和饭粒子。

我不能停止慌乱和焦虑，想要在那些资讯中安抚身心。越是这样，越不能让自己心安。我不知道为处理许多混乱的信息，要浪费多少人力物力财力，我只知道，这一时刻，我们应该站在一起，与武汉人民，与全国人民站在一起，打赢这场疫情防控阻击战。白衣天使上战场，以血肉之身去构筑新的长城，令人泪奔的图片感天动地。可是，当看到他们的必备武器——口罩等医疗用品的短缺求助时，更让人心痛不止，这等于让一个个战士赤手空拳与手拿刺刀的敌人短兵相接呀。表妹发来消息说，他们科四十个人，一共领到两百只口罩。医疗物资短缺成为各条战线的短板，朋友圈到处是求捐助的消息，转发了也是无效的举动，不转发又觉得对不住天使的呼唤。奋战在一线的医生、护士及政府各部门的工作人员，构筑起一条条安全的战线。万众一心的场面，让人生出无限自豪，为这个国家而骄傲，并深深坚信能打赢这场硬战。

感染了病毒的武汉人民一床难求，一些滴血的文字让人心酸，失去的亲人是长在身上永远的疼痛啊。面对这场可怕的灾难，我们不应该再有任何轻慢。没有经历的，它们都在来的路上啊。可是有些人还在网络上大放厥词，指手画脚，仿佛他们才是正义的化身。为众人抱薪者，不可使其冻毙于风雪呀，而他们的口水就要泛滥成洪灾了。如果言论自由不以高度自律和文明为前提，与垃圾场又有何异？这世界总是那般可笑，不做事的人在评价做事的人，做事难免会犯了错误，又何必吹毛求疵。这太像我见到的一幕现实戏了，女主人关车门不小心夹了孩子的头，男主人追着妻子满街打，而不是忙着送孩子去医院。孩子是妈妈身上掉下来的肉，她的疼痛并不比孩子轻，男主人却在那样时刻忙于追责惩罚，显得多么荒唐啊。都是爱，可到底是谁把爱变成愚蠢了呢？

　　大年初一的早晨，我在娘家门口见到一只硕大的老鼠，皮毛都发黄了。鼠年第一天，它丧命于鼠药。像是带着某种宿命，老而不能寿终正寝，不知它算不算鼠类家庭的悲哀。它的子孙都躲在旮旯里，一些先它而死，一些正在新生。一想到有一种叫鼠疫的灾难，身心都要顿时退避三舍。人类的灾难都记录进了史册，更有一些文学名著在书写，如加缪的《鼠疫》，马尔克斯的《霍乱时期的爱情》，玛丽·雪莱的《最后一个人》。伟大的作家和作品并没有缺席过人类的灾难和时代的悲歌。在科技和资讯不发达的时代，天灾曾给人类带来过毁灭性的打击。在这些听上去遥远的历史中，我们只是一个听故事的人。你看，就连曾经发生在我的家族中的大事件，对此我也显得像个听众。那时，我还很小，我的姑爷爷吸着长烟袋讲述他在十天内埋了三个亲人，他的父母和妻子。年轻的姑奶奶和她的公婆死于一场瘟疫，惊心动魄的瘟疫到了后来都变成了故事。像是我们真无法在这其中得到些什么教训一样，就连姑爷爷说起失去三个至亲至爱的亲人的疼痛也显得那般平常了，更何况这些尚没有长在自己身体上的疼痛。人人都抱侥幸的心理，期待着风吹一阵就过去了，猛烈的，轻微的，甚至悄无声息。

这几天，我一直在想那个遥远的故事，关乎家族疼痛的故事。时间淡忘了所有的疼痛，素未谋面的姑奶奶也成了某本书中的一个人物。那些年，会传染又医不好的病，都统称"瘟病"，估计是什么病毒也未搞清楚。许多人糊里糊涂地死了，许多人糊里糊涂地活着。如今，我们又糊里糊涂地面临一场可怕的灾难。小城的街上，还依然有不戴口罩的人，一些人大概是买不到，一些人应该是拒绝戴。在灾难降临在自己头上之前，他们都以为自己离病毒很远。

我看见那个八十四岁的老人眼里噙着的泪水，多么悲伤和沉重啊！看看他一天的日程，看看他疲倦睡去的模样。看看医务工作者脸上的戴过口罩的印记，看看他们就地而卧的身体。我一直在想我应该做些什么，我能做些什么。

出门，在楼梯间遇见没戴口罩的人，我像是一个神经过敏者，务必请求人家赶紧戴上，不能戴，就少出门吧。回家第一件事情，用肥皂洗手，仔细地让流水冲刷。我所在的宣威，初六，尚无疫情报道，但奋战在一线的医生、护士、警察、政府工作人员已经主动出击，实行严格的交通管制，走村入户登记询问，每天疫情零报告制，隔离监测体温，取消乡街和聚会……排查一切可能出现的疫情，他们以血肉之躯在构筑一座城市的安全。

总是忍不住去刷朋友圈,有些言论真让人生气,一看点击率更让人生气。一些舆论导向不知要把国民带于何境!灾难并不可怕,可怕的是大众的愚蠢。因为愚蠢而付出的沉重代价,我们还经历得少吗?司马光在《资治通鉴》中说:"君子挟才以为善,小人挟才以为恶。挟才以为善者,善无不至矣;挟才以为恶者,恶亦无不至矣。"这些自以为掌握了什么话语权的人更应该说些鼓舞人心的话呀。国家选人用人必然以德为先,人品永远重于才学。大敌当前,杀敌最重要,专业的事情应该交给专业的部门去做,而不是在耳门上放个响炮,吓不到敌人,倒是炸伤了自己。任何扰乱视听的舆论都应该消停,要把众志成城落实到行动上,万众一心,消灭疫情。

我们必须同心同德,举国之力才能打赢这场战争。每一次灾难过后的重建,也是推动人类文明进程的契机。这不是一个人,这不是一座城,这是国家,这是人人哪。我们每一个人都已成为战士,我们要对自己负责,对家人负责,对我们的祖国负责!

太阳每天都会在不同的地方升起,开始之前的无数次开始,结束之前的无数次结束,都将成为历史。历史不仅是文学书写的,更是哲学的、数学的,它在起起落落的抛物线运动中,失去一切,也抵达一切。每一个人的历史都从出生的时候开始,死亡的时候结束。从尼采的"为了能够活下去"到普鲁斯特的"这种生活值得一过",这中间的日子诞生黎明的火光,人世的灯光,夜幕的星光。

然而,个体的存在常常会被社会忽视,就像刚开始被传染的少数人,除却亲友,人人都以为那是别人家的事。只有当个体的痛点成为社会的痛点时,才会引起足够重视,而此时,恐慌已经成为疫情的重大痛点。没有人再可以独善其身,"无穷的远方,无数的人们,都和我有关"。我不再是我,我是疫情的一部分。如此,我们应该自律、自觉、自发地为人类的精神献出爱心,把不给社会添乱、不给家人添堵当作最基本的生存法则,共克时艰,共迎曙光,自觉进入《瓦尔登湖》里的那句话:只有我们醒着的时候,黎明才会到来。

雪落在中国的土地上

甫跃辉

春节前一个月左右,订好了高铁票和机票。计划是先坐高铁到合肥,待几天,再坐飞机回保山。腊月二十八这天下午,从上海出发,一路戴着口罩,到合肥高铁站时,刚下车,看到有几个人用推车拉着几箱东西,是防护服。心里一咯噔,感觉情形不是很好了。当天晚上要到合肥乡下,出租车司机不认路,只能让亲戚来接,等在路边时,整条马路上没几个人,四处的灯火也有些昏暗。亲戚的车七拐八弯,把我们送到乡下,一个叫作"相城"的小村子。天全黑了,十来栋低矮的小房子排成一排趴着,昏昏的灯火,叹息似的。

我想,相城这样的小村子,就是现在文学作品或者媒体报道里那种破败萧条的农村吧。年轻人都走掉了,只剩下些老弱病残,每天在门口种种菜,聊聊天。有位老人还在门口种了虞美人,每到夏天,红一大片。现在还是冬天,虞美人还没长出来,只能看到一些瑟缩的蔬菜。到处都很荒凉,乌鸦在树枝间飞来飞去,抖落的是冷冷的气氛。这儿是真冷,还好住在刚加盖的二楼,有空调,有热水。大家聊天时又说起疫情,说今年都没什么人来给老人拜年了,大家都怕。又说起有个亲戚在武汉读书,不知道回来没有。刚刚收拾停当,在手机上看到一个帖子,丁香医生的"全国新型冠状病毒肺炎实时动态",点开一看,确诊和疑似病例都已不少。第二天看到新闻,武汉封城了。

几天都没什么事,不过"吃睡"二字。不吃不睡就是在看手机。微信朋友圈里几乎都是关于疫情的,有好几位老家的朋友问我有没有回,还有的劝我别回了。而机票早早订好了,计划是我独自带着小朋友回家。这对我来说,还是头一次。弟弟他们则是一家三口都回。不久,妈发微信来说,弟媳妇有点感冒,全家都不回了,让我们看着办。我们商量后,决定不带小朋友回了,就我一个人回。毕竟两兄弟说了那么久过年回家,结果一个都没回,父母心里会不大好受吧。然而才过了一天,丈母娘劝我也别回了吧,机场多危险。我想,既然说定了,此时再变也不好。我好多年没到过武汉也没到过湖北了,也很久没接触过武汉或湖北来的人,也没感冒发烧,只是有点咽炎,好几个月了,偶尔还会咳嗽。回去的路上,自己多小心就是。我把票改签了,提前到大年初三回。

时间过得很慢，没什么地方可去，只能一直窝在屋里。初二这天，透过窗户望出去，下雪了。簌簌窣窣，好大的雪！睡了一觉醒来，雪仍然在下着。和小朋友到院外去踩雪，一路都是雪水，小朋友不管这些，非常开心，不时蹲下用戴着手套的小手抓雪。我站在雪地中，雪还在下。四处看看，白茫茫的大地真干净，地里的菜蔬都遮没了。身后的一排小屋，似乎更低矮了。偶尔有人出现在门前，瑟缩着，有的戴了口罩，有的没戴。没人说话，没人放炮，天地一派肃静。两三只乌鸦在树枝间飞来飞去，不知道有没有找到食物。想起《死者》那震撼人心的结尾："……雪花穿过宇宙轻轻地落下，就像他们的结局似的，落到所有的生者和死者身上。"在武汉，在湖北，也有这样一场大雪吗？雪落在中国的土地上，也落在深陷这场疫情的人们心上。

丈母娘说，如果第二天雪不化，那我也去不成机场。我的心不由得悬起来。

第二天一大早，老丈人开车来送我们，先送我去机场。路边都是积雪，路上车很少，一路非常通畅。到了机场，我戴好口罩下车。看到机场外的人们都戴着口罩，测量体温后进入机场。到登机口，所有人戴着口罩，没人说话，都在低头看手机。

从合肥先飞到重庆转机，乘的是四川航空，有餐食，空姐问要不要辣椒，我说要，空姐给舀了一勺老干妈。吃饭总不能戴口罩吧,大家都摘下口罩吃饭。我赶紧吃完了,又戴上。飞机降落在重庆江北机场T2航站楼,而我接下来飞保山的航班在T3航站楼,中间需要坐摆渡车。上了摆渡车才发现,整辆车只有两个人,一个是我,一个是司机。上飞机时,有工作人员站在廊桥上,挨个量体温。到保山机场后,出站口又站着个工作人员,量体温。出机场后,看到有几个穿防护服的人站在一辆救护车边,一副做好了万全准备的样子。

打电话给朋友早早联系好的司机,司机说他停运了,遂在门口随便叫了辆出租车,用方言问:"能不能送我到施甸?"司机说:"可以。"司机戴着口罩,和我说起头天送的一家河北的客人,在高速公路上被拦住了,河北一家人被劝返了。我们在高速上倒没遇到检查的,直到下了高速,进入施甸地界,在水长乡,碰到检查的人了。摇下车窗,量了体温,又要查身份证,问我:"你一个上海人跑到施甸来做什么?"我用方言说:"我不是上海人,我就是施甸本地人。"对方说:"在上海读书哇?"我想,难不成戴了口罩还能减龄?又一个人说:"回家乖乖待几天吧。"

回到家里,爸妈也在说疫情的事。家里只有几个口罩,而我这咽炎还是频频作祟,得弄点针对性强的药。问县城一位医生朋友有没有口罩,说是有的,我找了车到县城,朋友不让我进医院,而是和她女儿戴着口罩在路口等着我。朋友递给我一大包东西,有口罩,还有草药,说可以泡脚增强抵抗力,还有一种熏香,大概也是起到消毒作用吧。朋友说要约几个人聚聚,又说等过了这阵子。回家后我又有些后悔,现在口罩紧张,不知道朋友那儿的口罩是不是也紧张。我从朋友那儿找到了口罩,而找不到口罩的那些人怎么办呢?过了两天,上海一位好久没联系的朋友打电话过来,寒暄了几句,忽然问我需不需要口罩。我说当然需要,他说他从韩国弄到了一批,给我快递两盒。

其时,保山已经有确诊的新冠肺炎患者了,但施甸还没有,不过听朋友说,也有几例疑似的。又听另一位朋友说,有好几个从武汉打工回来的,都在隔离,还有个老太太,发烧了,送医院了。

县城看不见多少人,到药店买了治咽炎的药,又给妈买了些常用药。

回家后过了两天,住得不远的红轮到家里喝酒。红轮的妻子是医生,刚刚下班,也一道过来。说起来红轮家有个亲戚,两个月前从武汉回来,后来疫情暴发,去做了检查,没事。大家笑说,即便没事现在也不敢见他。又说起邻村也有从武汉打工回来的一家人,也在隔离。同学杨续升说,他的烧烤店关门好一阵了,政府不让开门了。又说到谁,外出办事都找不到饭吃,没饭店做生意了,好不容易找到一家,给做了个蛋炒饭,还盛到一次性餐盒里让他到外面吃。说话间喝了不少酒,气氛热络起来,仿佛疫情早已远离。

网上各种消息吵吵嚷嚷，真的假的，很多一时难以分清。身边也有各种消息，比如有人抢购大米，"水墨施甸"公号因此发了帖子，说县里生活物资很充足；比如县里很多基层公务员变得更忙了，本来今年脱贫攻坚就够他们忙的了，现在更是忙得"脱一层皮"；比如，县里在很多交通要道设了卡点，每个点都得几个人守着；比如，红白喜事都不办了，全县一共取消了五百多场；比如，一对年轻人这几天要结婚，男的是警察，女的是医生，婚也没法结了，都扑在抗疫的最前线……在施甸这个偏远小县，医生、警察等无数人在和看不见的病毒做着斗争。

我不时看一下"全国新型冠状病毒肺炎实时动态"，确诊的人越来越多，死亡的人越来越多，有种艰于呼吸的感觉。保山的确诊病例也多了。现在是2月2日凌晨3点，保山已经有八例确诊病例，隆阳一例，龙陵一例，而作为重要旅游目的地的腾冲，刚刚确诊了第五例输入性患者，"患者为63岁男性，湖北武汉人，1月15日自驾车从武汉到贵州、云南旅游，1月19日至1月24日先后到罗平、弥勒、元阳、建水、隆阳、瑞丽等地，1月25日到达腾冲"……当然，也有好消息，保山的另外两个县，施甸和昌宁至今没有一例确诊病例——施甸的那几例疑似病例，经进一步检查后，都排除了嫌疑。

昨天下午，邻居阿和哥来敲门，说看到我在屋顶。一开口，聊的还是疫情。阿和哥到浙江义乌打工，回来半个多月了,前几天还去医院做了验血等各种检查,花费三百六十元,确认没任何问题。阿和哥觉得三百六十元太贵了,妈说就当花钱买个心安。渐渐说到别的,阿和哥说,他儿子老江桃以后不出去打工了,回家烧猪头卖。为了学烧猪头,老江桃和他妻子到梁河学了二十多天,花了一万五千元学费。想起几天前对门阿超哥过来说了几句话,也说他不去南伞打工了,两个女儿也要接回来上学。

每天阳光灿烂,温煦如春。世间万物,都在熠熠闪亮。我还没到后院看过奶奶,奶奶九十七岁了,我怕自己会带着些什么病毒感染了她,又觉得自己过于一惊一乍。但我在屋顶听得到奶奶说话的声音。我经常待在屋顶,四处看看。看四面的大山,看山脚刚修好的保施高速,看油菜花,看村子,看房子。每次回老家,都有新房在盖,这次回来也一样。汉村和相城是非常不一样的乡村,这儿还有很多年轻人,还有很多崭新的生活。疫情总会过去的,生活也总会继续。

祈愿与祝福

杨献平

若不是提前三天，肯定难以成行。这些年来，每次春节，我都争取回家。只不过，一年回岳父岳母家，再一年回母亲家。自从父亲去世后，我越来越觉得春节的重要，尽管平时也回去得多，但春节是一家人团聚的最佳时机，是中国人在这本土文化氛围中的一种情感和文化仪式。2020年春节前，我坐动车到兰州，住下，次日一早，打开手机，新型冠状病毒肺炎疫情越发严重。很多灾难，都是没有先兆的。在科技昌明的今天，这仍旧是一个悖论。人的智慧和科技能力何其广大？我们探索宇宙的表层，也对物质、元素、细胞等进行了卓有成效、史无前例的发现。可我们依旧所知甚少，一种新的小小的病毒，就已经让我们措手不及，付出惨重代价。

看到钟南山等人再度出发，到疫情第一线，不由得为之落泪，这种勇气，我相信是真正的医者毕生之使命和责任。在疾病乃至其他灾难面前，任何人都有权利，实时做出自己的选择，也就是说，危险乃至生死面前，谁都有理由趋利避害，而他们却不，义无反顾地去了疫情第一线。我找到药店买口罩，给怀孕的妻子和自己。此时的兰州站附近，人海滔滔，大致是回家的人。

无论身在何处，春节前返乡，回到亲人身边，一家人一起过年，我相信是每一个中国人在心理和情感上的选择，不仅仅是为了团聚，更是这团聚中所蕴含的精神上的慰藉和文化上的认同。我也是如此。多年前，我在位于巴丹吉林沙漠西部边缘的空军某基地服役，如果没有特别的任务，我肯定会选择回家过年，不是在单位过年不好，而是人生的某些时候，需要与亲人一起共度。个人、家庭、集体、民族与国家，乃至全人类，只有每一个人的情感和生活，乃至精神信仰与理想得到了必要的激励和鼓舞，我们才会从更大的层面去履行好义务和责任。从这个意义上说，春节的内里，包含了强大的精神润滑与"淬火"作用。

我对妻子说，倘若再迟一天动身，我们就只能在成都过年了。说这话的时候，我有点不快乐，因为在我多年的思维习惯当中，不和亲人一起过的春节，大抵是没有意思的，过了也等于没过，和亲人一起，即使不是春节，也有着美好的气息，也能感觉到一种源自血缘里的纯粹与快乐。

冬天使得窗外的河西走廊更趋荒凉，一些间隔很远、形体很小的村庄，坐落在苍黄的天地之间，围绕它们的，也只是一些扭曲的沙枣树和已经光秃的新疆白杨树。如果是两汉和盛唐时期，这古老的走廊，当是最繁华的地区之一，相当于今天的京广铁路和公路，各种人和物产，各种装束、行路方式和语言，汇集在一起，繁华而又新奇，尽管这途程之中也有着各种各样的际遇。在海路尚未开通之际，陆上丝绸之路几乎承载了中世纪之前人类所有的文化和文明，包括物产、技术、宗教等的交流与融合。

现在是公元2020年1月21日，新型冠状病毒肺炎疫情越发紧迫，解放军医疗单位也纷纷开赴武汉。每到紧要与危难时刻，军人敢为人先。这使我想起曾为军队一员的时候，参与各种任务时的热血澎湃与慷慨激昂。与此同时，我也感到恐惧和担忧，主要是那些感染者和医护人员的生命安危。在心里，我祈愿每一个人都能够平安吉祥。这一场疫情，肯定是可控的。但想起疫情暴发的原因，又隐隐感到悲哀。人类自诩无所不能，但在新型冠状病毒面前，也只能用"抗击"一词。这个词里面，包含了无奈，也有着某种痛心。

此时，我发现，动车上的多数人已经戴起了口罩，也停止了相互之间的攀谈。整个车厢里，也忽然有了一种压抑的感觉。

到玉门市，岳父来接。回到家，吃西北特有的拉条子和清炖羊肉，虽不够丰富，但味道也是纯正的。与南方相比，由于气候的原因，西北人的吃食品种、花样相对较少。再看手机上的报道，新型冠状病毒肺炎疫情蔓延速度令人心惊。死亡病例在显著增多，感染人数也在不断攀升。电视、手机里播送的，都是各地的疫情。其中，"硬核"的河南引人注目，也获得了不少赞誉。微信朋友圈中，不断有人转发图片，各种标语口号煞是生动，如"我去你家你紧张，你来我家我心慌""以前待客吃吃喝喝是亲情，现在吃喝都是鸿门宴""今年春节不串门，战胜病毒再相请""村村设岗为大家，人人检查为人人"，体现的是百姓的智慧和幽默。

与此同时，玉门市也发布了相关通告，各个门店的LED标语，都换成了抗击新型冠状病毒肺炎的内容。我也觉得，这样及时响应，启动应急机制，是对每个人的生命负责。

在漫长的生存和发展过程中，人与自然始终处在相互吸引和发现的过程当中，以至于人的欲望、想法和实践的能力也在不自觉地加强，总想着一切为我主宰，为我所用，于是乎，对自然物各种利用，然后是吃，接着是变着花样地吃，制造各种名堂地吃。这些年来，在中国各个地方，我见过诸多的吃，花样也不少，很多我无法下嘴。这么多年来，除了鸡鸭鱼猪牛羊肉，我基本上不吃田鸡、兔子、甲鱼等，从来不碰一下，也不喜欢火锅。我理想中的吃食，以米和面为基础，再加小米、豆类、麦片、各类蔬菜、少量的猪牛肉和鸡蛋就可以了，其他的完全没必要。人不过是自然的一部分，吃当然是本能，但过分贪恋吃和讲究吃，就是有罪的。

除夕，我特意买了一些花炮。不是为了驱邪之类的，而是为了重温少年时期的习俗。记得二十世纪八九十年代，除夕夜和大年初一是要燃放鞭炮的。为了讨吉利，人们还会守岁，以村子为单位，争谁第一个用鞭炮炸响新年，争得一个好彩头。现在，西北一带的人，有许多历代移民屯边者的后代，最近的一批，大抵是新中国成立之初和二十世纪六七十年代来到这里扎根的。尽管隔了几代人，但过年的风俗和规矩，依旧相差无几。因此，岳父岳母和妻子也都认同。

腊月二十九，疫情更趋严重。人们都在关注武汉疫情，几乎每隔一分钟，都会看看手机，从微信和其他网站接收信息。我觉得，武汉从来就不是一座孤城，它是我们身体和灵魂当中的一部分，包括那座城中的每一滴水、每一枚树叶，都和我们有着至深至切的联系。带着一种复杂难言的情绪，我在手机上写下这样的话："不诅咒，但要谴责，因为我爱你们。不敌视，但要共勉，因为我爱你们。不鄙夷，但要同情，因为我爱你们。不倾向，但要互助，因为我爱你们。不痛恨，但要相生，因为我爱你们。"猪牛羊鸡鸭狗马等被驯化之后，人们的吃便开始有些肆无忌惮。这一次疫情的源头若真的是蝙蝠等野生动物，那么，这不仅是捕食者需要忏悔甚至赎罪的事情，也促使我们整个人类，要有一个更为彻底深刻的检讨。否则的话，这样的因数人之口腹之欲而祸延万众的残忍和畸形行为，终究会使得人类因此付出高昂的代价，如加缪《鼠疫》中所说："他知道，人们能够在书中看到这些话：鼠疫杆菌永远不死不灭，它能沉睡在家具和衣服中历时几十年，它能在房间、地窖、皮箱、手帕和废纸堆中耐心地潜伏守候，也许有朝一日，人们又遭厄运，或是再来上一次教训，瘟神会再度发动它的鼠群，驱使它们选中某一座幸福的城市作为它们的葬身之地。"

因为新型冠状病毒及其传播，2020年的春节，我想每个人都是压抑和不快的，总有一种阴影和恐惧萦绕不去。死亡病例一个个增加，他们是我们的同类，而且还是和我们操持同一种语言、秉持同一文化传统的人。物伤其类、唇亡齿寒、兔死狐悲，这些成语都无法形容内心的复杂情绪，以至于一家人坐在一起吃年夜饭的时候，喝几杯酒都觉得有些奢侈，甚至多了悲壮的意味。冒着严寒在附近活动的时候，人很少，都戴上了各式各样的口罩，见面只是打招呼，也不再像以前那样串门拜年。晚上，站在冷空气盘桓不去的院子里，一抬头，看到无边浩瀚的星空，博大的天幕，深邃、神秘、无穷，充满无限可能。此刻的人间，很多人却在为抗击疫情而舍生忘死，诸如在武汉治疗现场的医生和护士，"不为良相，便为良医"这是儒家的济世理想。

窝在家里，看电视、打扑克、聊天，也是惬意的。只是，每关注一次疫情,心痛就加重一次。那种忧虑和不安,恐惧与祈愿,我相信是全民的。从另一个方面看,这也是大自然在给我们人类做警示性教育。尽管,朋友圈中也有诸多愤愤不平,甚至攻击和谩骂,但根本的问题是,这不是某一个人的问题,而是整个人类的问题;这不是武汉的问题,而是到了需要深刻反思我们饮食文化的时候了,尤其是牵强附会地借吃喝"吉祥""纳福"的做法和行为。

大年初五,被称为"破五",也是中国传统文化中一个非常有寓意的日子,赶走了"智穷、学穷、文穷、命穷、交穷"之后,一切又恢复了正常。日子还是日子,只不过,时空变了;人还是原来的人,只不过,有的长了一岁,有的老了一岁。时间之中,任何生命都是平等的。我们购买了返程车票之后,心里还是忐忑不安——之后,新型冠状病毒肺炎疫情到底是回落还是持续?行程中是否安全?如此等等。只有在灾难面前,人才会如此谨小慎微。作为一个不懂得医学、病毒学,甚至缺乏科学能力的人来说,唯一能做的,就是用心祈愿和祝福。我们人类多一些仁慈,对我们的同类,对这个日渐脆弱的世界。祈愿众生常怀仁爱之心,时常能够将心比心,与我们周遭的一切建立和保持一种和谐共进的状态。

正月初七,车站和列车上也是一派严肃,稀疏的乘客戴着各种各样的口罩,工作人员则大多数穿着厚厚的防护服。所有的灾难都不是孤立的,自始至终与同在这个星球的每个人紧密相关。在这个春节，一场疫情，让我们再一次深刻地警醒；因为疫情和灾难，我们这些原本互不相干的人，又一次站在了一起，这使我们深切地感到荣幸、敬畏和感恩。

我在心里默念：庚子年，祈愿万众安稳，万物和谐，天地吉祥。不论是谁，我们都与你同在！

两场疫情,一样担当

陶 纯

人类的历史,既是一部战争史,也是一部战疫史。从古至今,人类遭遇了无数的瘟疫,主要的有天花、鼠疫、霍乱、疟疾等。一场大疫病造成的死亡,常常超过战争和饥荒。比如欧洲黑死病,1347年在西西里岛暴发后,3年内横扫欧洲,并在20年间造成2500万欧洲人死亡,此后300多年间,据后世学者估计,约有2亿人死于这种瘟疫。再比如1918年发生的"西班牙大流感"是20世纪人类的噩梦,一年之内席卷全球,患病人数超过5亿,死亡人数约4000万,相当于第一次世界大战死亡人数的4倍。在中国,有史料记载的两千多年间,各种疫病也是轮番上阵,给我们的祖先造成了深重的灾难,死亡人数难以统计。

进入21世纪之后,各种疫病仍然困扰着人类,比如艾滋病、埃博拉病毒病、高致病性禽流感。不幸的是，有两种瘟疫"原产"于中国——这便是2003年的非典和刚刚暴发不久的新型冠状病毒肺炎。一时间，武汉成为焦点，中国成为焦点。

说起2003年的春天，我记忆犹新。那年初，我的一部长篇小说由云南人民出版社出版发行，出版方决定趁热打铁，4月下旬在北京召开一个较大规模的研讨会。到了4月，始发于广东的非典疫情已经成为燎原之势，尤其北京是重灾区。那时我还在济南工作，起初感觉非典离自己很遥远，并不感到害怕。4月中旬，我赶往北京，与出版社的编辑一起筹备作品研讨会。那几天，我坐公交，乘地铁，或者打车，给十多位参加研讨会的作家、评论家送作品和邀请函，好像连个口罩都没戴，长时间暴露于公共场合。渐渐发现地铁里、大街上、餐馆里，人越来越少，连自己都意识到，这会没法开了。果然，出版社紧急决定，研讨会取消。我连夜逃回济南，坐在空荡荡的车厢里，我突然感到了恐惧，仿佛掉进了一个冰冷的深渊，有一种大难临头的感觉，终于对来势汹汹的非典有了一个清醒的认识——如果不尽快控制住这个疫魔，那么，这和历史上的那些大灾难又有什么区别？

不久，专门收治非典病人的小汤山医院急速建成，从全军各大医院抽调的医护人员进驻，打响了中国人民抗击非典疫魔的关键一役。后来的结果大家都知道了，正是因为有党中央的坚强领导和正确决策，正是因为有那些穿军装的白衣天使迎难而上，不畏强魔，誓死搏击，中国才速战速决，取得了人类历史上面对某种瘟疫的一次全胜。从那以后，17年过去了，非典病例没有在世界任何地方出现。这当然是科学的胜利，也是体制的胜利——中国特色社会主义体制，能够高效办成很多国家不能办成的大事。

然而，瘟疫与人类的争斗一刻也不会停止，正如美国著名历史学家威廉·麦克尼尔所言："人类永远难以逃脱生态系统的局限，不管我们高兴与否，我们都处在食物链之中，吃，也被吃。"果然，2019年、2020年之交，武汉风云突变，新型冠状病毒肺炎仿佛从天而降，成为非典之后全体中国人面临的又一个"大考"。

武汉的事一传出，我首先想到非典，因为我国有战胜非典的经验，我内心里并不太感到恐慌。后来的事实证明，这种病毒的传染性超过非典，因此防控的任务更加艰巨，不得不格外重视起来，全国人民都宅在家里度过了一个平静但不平凡的春节。

像历次灾难来临一样，危难之际，疫区的人民翘首盼望解放军。身处北京的我，时时刻刻关注子弟兵在这次战疫中的动向。除夕之夜，心神不定观看春晚的我，突然看到一段短视频——某军医大学派出医疗队紧急赴武汉抗疫。这是战斗的号角！我即刻把视频转发给武汉的几个作家朋友，马上就有人发回微信，说看得热泪盈眶，解放军进来，武汉就有底气了！

这几天，从新闻媒体上陆续看到部队医护人员开赴武汉的消息，他们之中有的参加过2003年抗击非典，有的曾远赴非洲抗击埃博拉病毒，都是技术过硬、意志坚定、作风顽强的优秀医务工作者。他们代表全军两百万官兵，奔赴一线抗击疫情，拯救生命。紧接着，神速修建的火神山医院也交由军队医疗队管理使用，这是当年北京小汤山抗非典之役的翻版，是向新冠病毒发起的战疫总攻，一定会给疫区人民和全国人民增强战胜疫魔的信心和勇气！

从非典到新冠，前后十七年，弹指一挥间。这期间，我们的社会发生了很大变化，我们每个人，每个家庭，也都发生了很大变化。当下的中国，具备了更强的抗压能力。我相信就像当年战胜非典一样，这一次的疫魔很快会被制服，用不了多久，人们就会重新面对灿烂的阳光、新鲜的空气和艳丽的花朵。

由于新冠肺炎的缘故，这个春节的假期显得很漫长，难免压抑，真有点度日如年的感觉。其实冷静一想，正好可以借这个机会静下心来，好好思考一番，我们的初心在哪里？努力奋斗又为了什么？灾难面前，我们每个人应该怎样做好自己？未来的岁月中，我们应该怎样健康生活？要知道，富裕不代表强大，也带不来自信，只有万众一心的民族凝聚力，才能百毒不侵，诸邪莫近。

坚忍的城市

王 童

新型冠状病毒迅猛扩散,疫情此起彼伏地在全国各个城市报警。北京也一样,面对返程高峰的到来,北京这最大的枢纽站及人口集散地,面临着极大压力。电视上报道着上至国家领导人下到无所畏惧的医疗防控专家、各路医疗队伍的身体力行。他们身穿防护服、面戴口罩的形象如同挺进战场的防化兵,让人感动。

防控专家和医护人员一再提醒人们不要轻易出门,注意个人卫生。大过年的,各类庙会均被取消,想到影院去观赏一下陈可辛执导的有关中国女排的影片,也未能如愿。报道称被憋在家中的武汉人万人隔窗高唱国歌以振士气,甚至还有邻里想隔窗吵一架以排遣心中的郁闷。有困居在家无聊的居民竟在鱼缸中钓鱼,在家中玩套圈游戏。本应在春节喜笑颜开,利用节假日游观祖国大好河山的男女老少都成了宅居的避难者。

然而我还是忍不住来到了街上,坐上平静如常的公交车,来看一看我们的城市,拍一些照片留念。发现阒寂的街道上,行人寥寥。但在市面上,环卫工人仍在有条不紊地工作,他们戴着口罩,有开清扫车消毒的,有骑着电瓶小摩托清理拾捡地上杂物的。他们橙黄相间的工作服成了一道亮丽的风景线。

公交车上,司机和乘务员见哪位乘客上车没戴口罩就提醒对方戴上,避免感染他人。他们沉着冷静的面孔让这个城市仍旧显示出活力。但报道称有的乘客对这番好心竟无理取闹,不仅不戴口罩,还辱骂并动手掌打司乘人员,真让人气愤。也有人说菜市场各菜肴食品都在涨价,去邻近的超市购物,发现一切都在规行矩步,货物甚至比平常还充足。一个在称重计价的男售货员几天都见他在坚守岗位,口罩下的面孔告知粉条放在何处,韭菜明天进来,鸡鸭鱼蛋价位一如往常,只是因特殊时期,选购的顾客并不是很多,大家均显出镇静如常的状态。

最让人感动的是顺丰快递小哥与配送餐的外卖骑手仍在路上快速行驶着,以解燃眉之急。眼见着昔日人流如织的餐厅酒家现已大多关门停业,显出几分冷清。在这冷清中,却有一丝温暖流向心间,西贝莜面村专设了外卖安心卡,卡上写着配送的各类食品,如胡麻油炒鸡蛋、牛肉土豆条、葱油罗马生菜,主食佐以有机大米、西贝大花卷和红豆玉米窝头,还有草原酸奶。送餐卡上还细致地注明了菜品制作人和送餐小哥的姓名,点餐的人是隔离者还是非隔离者卡上也写得很清楚。这种责任心，让出门不易、就餐困难的饮食男女，有了三茶六饭无忧的心理调节。临街的比萨店在抓紧消毒中，大年三十也仍在制作送餐，员工沉着的神态让人平添了一丝安慰。在难以到较远的百货超市去购买物品时，节前在网上订的一些日用品也如期送到了。电视上报道顺丰在这关键时刻还担负起了将医药防护用品第一时间送达指定地点的任务。那些快递小哥年轻稚气而又坚忍的面孔让人敬佩。小区门口市民与他交流，他保证说：放心，快递会准时送到。顺丰的快递也织起了物流的网，让生活的消费供求有条不紊地流通着，这环节也让人振奋。

疫情中，许多公园已封门，而北京植物园仍然照常开放，成为假日里少有的可以让人休憩一下的去处。在园门口照例要用测温枪测一下游人的体温。进园，喜鹊在头顶飞过，保安给人们引着路，冰封的湖桥上金光泻洞，梁启超墓园中多了一块火箭专家梁思礼的墓碑，基座上镌刻着一枚火箭，显示着他作为"两弹一星"功臣的身份。他是梁启超最小的儿子。

出门看见一座北纬40度纪念碑，显示着北京及这里存在的标志。武汉作家方方、池莉都是熟人，也互致了问候。作家是敏感的，池莉早年的小说《霍乱之后》惊人地预兆了今天的状况，读之感慨万千。

当然，也听说了有发国难财的药店和厂家在高价出售急缺的口罩，网上也出现了这类推销，严打严罚，仍有人钻空子。

新闻中,面对汹涌的返程人流,国家卫健委提出严格的防范措施,从小区严防死守的盘查到福利机构对老人、儿童的精心照顾都做了细致安排。

小区物业在铁栅栏门前设了检测出入人员体温的哨位,身穿深色服装的保安执行着这任务。单元门口贴上了注意个人卫生行为举止的提示。物业人员也在园区内四处巡查。团聚,这个本该属于春节的关键词,被一场疫情打破了原有的节奏。北京住总北宇物业千余名员工已纷纷返回工作岗位,投入抗击疫情的第一线,与服务的15万户业主、30万居民站在一起,抗击疫情。专机将去接回在世界各地的武汉籍游客,武汉本地也将迎回在其他省市的武汉市民,而且要开辟空间对他们进行留居观察。

火神山和雷神山防疫医院板房在拼装,亦将快速竣工,共产党员深入防疫第一线不容分说。中国速度、中国人的凝聚力这时显现了。中国从诸多大灾大难中,都顽强地挺了过来。这次也将如此,在全体民众的抗击下,武汉及中国一定会经受住考验。

钱锺书当年写的小说《围城》讲了知识分子一种精神上的困境,现在的武汉在消毒无死角、防疫不漏人的措施下,是在进行生命保卫战,这似乎让人看到了抗战中"保卫大武汉"的那一幕。看着那些无所畏惧的白衣天使,让人心生敬意。对个别的伤医者感到无比痛恨。梁启超学医的后人曾言:"一些人为信念改变命运，一些人信念为命运所摧，还有一些人注定等不到云开雨霁见玉轮，却磨砺出珍珠般的人格，这注定了医生成为人类最崇高的职业。"不知为什么还会有人去伤害他们。

世卫组织也对中国采取的对应措施表达战胜疫情的信心。美国派来了医学专家与钟南山探讨切磋，日本外相表示倾举国之力帮中国渡过难关。难关，我相信，一定能渡过！疫情中的城将会唤回繁华灿烂的容颜，人们会扔掉口罩开怀大笑，尽情歌唱，乘高铁走遍祖国大地。一百多年前美国学者明恩溥称"忍耐和坚忍这两个词肯定无法完全涵盖中国人在这方面的美德"，正是这种美德让我们战无不胜。

又下雪了，今年的雪已是第二场了，瑞雪兆丰年中病毒侵袭而来，这雪或许能将其消散吧。雪的银装伴随人们企盼的祝福。

在手机里过平安年

艾诺依

2020年春节,因为新型冠状病毒肺炎疫情变得不同寻常,也牵动了每个人的神经。手机里不停地弹出各种消息,各个微信群里关于新冠肺炎疫情的讨论,家人们的关心,朋友间的问候,今年,像是在手机里过了一个春节。

每年春节单位都会安排值班,我的爷爷在武汉,这几年没能在过年期间回去探亲,但是今年和家人商量再三,还是买好火车票,决定利用三天往返。当时还是1月初,新冠肺炎病例已经出现,但是看到新闻上的寥寥几字,再咨询武汉的姑妈和小叔,他们纷纷说那事发生在汉口,不在青山,事情没有"想象"的这么严重。朋友还在群里开玩笑说,过年过节不愿意串亲戚应当怎样华丽而不失优雅地拒绝呢——回答是"我刚从武汉回来"。此时父亲已经踏上前往武汉的路途,母亲等着我放假一起出行。

1月17日,宝宝的幼儿园开始放假,她高高兴兴地整理好小行李箱,还说小伙伴放假去广东,约好了一起去吃冰激凌,不停地问家人能不能带她去。我告诉宝宝,等几天我们也要出去玩了,要去湖北,妈妈可以带你去吃热干面。转眼间,还没等到春节假期,情况就再也不是"想象"了。

1月18日,微信里开始转载关于武汉疫情的消息、图文,事情似乎有点出乎意料,武汉机场、铁路等开始对人群进行体温测试,韩国出现不明原因肺炎病例,上海加强可疑病例筛查;1月19日武汉暴发肺炎的情况确认是一种新型冠状病毒引起的疾病,广东省确诊首例输入性新型冠状病毒肺炎病例;1月20日北京确诊2例新型冠状病毒肺炎病例……那时的我们还未料到,这个春节开始与"数字"密不可分,每天醒来的第一件事就是查看疫情增加多少例,治愈出院多少例,死亡多少例。

人人开始把目光放在这次疫情上,陆续传出医院职工取消外出休假、原地待命,医护人员更换手术室专用的高防护口罩等信息。在单位,同事们见到我都免不了提一句,今年别回湖北过年了。

1月21日,宝宝的幼儿园接到《西城区教委致家长一封信(关于新型冠状病毒肺炎防控工作)》,里面提到外出避免前往武汉及周边等地,幼儿园统计前往疫源地幼儿名单及健康情况。和家人商量再三，我们决定今年不回湖北过年了。

先生还没有放弃外出的念头，对生活充满热忱的他，希望趁着假期共度美好的亲子时光。宝宝喜欢滑雪，先生计划带她去人少的地方，最后锁定了内蒙古乌兰察布市，并兴高采烈地约好了当地朋友相见。接下来的日子，全家一再参考了种种病例，实在担心酒店会出现感染情况，直到大年三十晚上，先生下定决心取消行程。婆婆握着手机，意味深长地说，2003年非典时期，她在北京一直正常上班，现在也许是网络发达了，信息资源广泛而丰富，加上中老年人抵抗力弱，对这次疫情还是特别重视，这个春节待在家里，不给自己添烦恼，也不给国家添麻烦，真的成为流传广、有道理的一句话。

堂妹是武汉一家三甲医院妇产科医护人员，这些天也一直坚守在自己的岗位上。堂妹说，大年初一早上门诊大厅空荡荡的，为了通风敞开着大门，真的冷。科室的消息群一直没有停过，领导的鼓励、关心，还有大家对于战胜疫情的决心，让这个"年"显得不那么孤单了。

如果放在平时，我会开玩笑觉得堂妹矫情，但是当自己在家待命几天后，到了单位，换身警服，站在抗击疫情的第一线时，心里的想法，和堂妹确是一样的。医生和警察，是为生命担当的两种力量，每当突发事件来临，是他们怀着信仰冲在最前线。

我的母校在湖北，校友群里大多是湖北警方前线的"战士",大家讨论交流最多的一天是1月23日,武汉封城、湖北各地的政策,其他时间没有多聊,停休以后都太忙了,顾不上再看手机,最多只是互相说一句"注意安全",一场看不见硝烟却惊心动魄的战役就这样悄无声息地开始了,"武汉加油""中国加油",视频里江城夜晚此起彼伏的呐喊,在这个寂静的冬天汇聚成奔腾不息的暖流。

身边同事中有许多医警家庭,丈夫坚守在春运安保的第一线,妻子面对疫情义无反顾冲锋在救人第一线,特警队员小刘就是其中之一。因工作原因小刘和妻子两地分居,一年也团聚不了几天。小刘驻守重点防控车站,往返武汉及周边地区的旅客列车不少,面对疫情,他积极主动做好自身防控,坚持在辖区参与治安巡逻、阵地防控。他的妻子小卢远在北京的小刘发来微信,告诉小刘自己已经主动报名去武汉的医院支援,但医院考虑到小卢的专业特点,将她列为第二批支援人员待命,小卢仍然时刻准备着,期待能贡献一点自己的绵薄之力。

夫妻两人的一举一动牵动着彼此的心,同事们笑称这才是现实版的"太阳的后裔"呀。

我们始终离这场战役不远,在与死神的斗争中,各行各业都在通过自己的努力,抗击这场疫情。一大批科学家,夜以继日研究这种病毒,研制抗击病毒的药品;一大批医生、护士在24小时不间断地照料患者,即使是合家团圆的日子,他们也放弃休息甚至不顾自己的安全奋战在前线;一大批警察提前归队,在各个路口和人流密集场所执勤,严防严控做好检测工作,竭力阻击疫情;一大批建筑工人,正在加班加点为建设新的医院赶工,饭也顾不上吃饱,只为了早点收治更多的病人;一大批工厂的工人也在昼夜不停地赶制新的口罩和消毒液,给大家多一份安心,让大家保护好自己;一大批爱心人士正在通过各种渠道捐款捐物,全国乃至全世界的同胞都在驰援武汉;一大批媒体记者也逆行前往这场病毒风暴,甚至冒着生命危险深入抗击疫情一线,传递最及时、最真实的信息,让人们在朋友圈、微博、网页上点点手指,打开电视,便能迅速获知抗击疫情前线最新动态。

受保护的中心,是无数个小家庭,而回到家中,看到快递送来一大包儿童口罩,我又如何向自己的宝宝解释,尽量不要出门,出门记得戴好口罩,回家一定先洗手呢。

浏览了手机上很多科普知识,思考再三,晚上睡觉前,我给宝宝讲了一个故事。最近外面有很多人正在生病,这种病是一种新发现的病毒引起的,还没有特效药物可以治疗。病毒很小很小,我们的眼睛看不到,只有借助显微镜,才能看到它的样子。它长得像一朵长满花瓣的花一样,大人们把这花瓣叫"花冠",所以它就叫"长得像花冠的病毒——冠状病毒",就像花要结果子,它也想生育子孙后代,就寄生在野生动物身上。但是因为有人吃了这些野生动物,所以这种病毒就转移到人的身上,破坏人的身体,人会出现发烧、呼吸困难等症状,需要去医院治疗。

病毒藏在病人的鼻涕、口水里，所以面对面打喷嚏、咳嗽，病毒就会"乘虚而入"，口罩虽然可以遮挡一部分病毒，但是还有一部分会通过接触传播，比如对方打喷嚏的时候你用手擦，又没有把手洗干净就揉眼睛、挖鼻孔，那病毒可能会在你的身上落户了。所以我们要注意卫生，平时不挑食，经常锻炼身体，按时睡觉，就能提高免疫力。

宝宝听完以后，问了一个问题："妈妈，那为什么要吃野生动物？我们不吃野生动物不就不会生病了吗？"

这个问题让我沉思良久。那些对自然、对生命失去敬畏之心的人，给我们所有人带来了一场灾难。这类的灾难，并不是第一次，人类对自然无止境的索取，正在带来数不清的隐患。

万物是大自然智慧的体现，不是只有人类才拥有生命的光辉。敬畏生命，才能于无声中成就风景；了解自然，才会更懂得如何与这个世界相处。孩子们也需要明白，在大自然面前，人类必须有自己的底线，保护地球，保护生态，最终受益的，还是我们人类自己。

"哀吾生之须臾，羡长江之无穷。"希望有一天，可以重新启程，带着宝宝去武汉吃热干面，看夕照之下，浩荡长江穿城而过，霞光染红江水。

希望这一天，能早点到来。

在退掉前往武汉机票的日子里

李桂玲

我婆婆的家在湖北黄石大冶市,一个四季都绿意盎然的小城。几乎每年春节我们一家都会去那里过年,为陪伴老人,也为过一个半旅游性质的假期,毕竟忙碌一年,难得有一个这样长的假期,大人孩子都期盼着。

年前一个多月便开始抢购去武汉的票,九省通衢之地,一票难求也正常。最终,票订好,开始准备带回家的年货,一样样理好,做着出发的准备。今年的年又与往常不同,孩子的爷爷去世,按照当地习俗,过年子女是一定要回家的,因为亲戚们要在年初一到家里来过礼,对逝者的过礼回礼在当地乡俗里是件极重要的事,马虎不得。老家打来的电话里也反复叮嘱我们多次,并商量着回礼请客的细节。日子就这样一天一天地过着,一如平常。

订票之前就看到过一条报道，说是武汉出现十几例不明原因肺炎患者，消息过眼，犹疑也只是心里的一闪念，然后便湮没无闻。原定计划不变。

1月开始，消息一日日变得多起来，不安开始慢慢滋长。1月20日，给湖北老家的大姐发微信，嘱咐她去药房多买点口罩、酒精等物品，不要去菜市场买活禽、活鱼等，尽量少到人多的地方去。晚上，我们决定，孩子爸爸自己回湖北，我带孩子在家过年。1月21日，形势更加严峻起来，孩子爸爸也决定不回湖北过年了，让准备年初一从湖南赶回湖北的二姐二姐夫也不要回去了。电话打回老家，意料中的，孩子奶奶大哭大闹起来，骂儿孙不孝。陪在奶奶身边的大姐哄劝了几天，总算止住。孩子爸爸又一个电话一个电话地打回到村里去，向初一要上门过礼的亲戚们不停地解释事态的严重性，难以回家的无奈。微信红包一个一个地送出去，赔着笑脸，不停地向村里人赔礼道歉，好像不回家的我们犯下了天大的罪。

就这样，从不屑，到抗拒，到无奈，我们一步步滑向了如同17年前那样的一个春天，不管愿意或不愿。

17年前的非典时期，我们都还身在大学，做着毕业前的准备。那时的风暴中心是广州和北京，我们身处兰州，有种身在化外之感，虽然学校也实行了隔离措施，但那也只是针对外来人。我们这些听话的学生戴着扎眼的白色口罩走在街上，总被不屑戴口罩的路人盯得自惭形秽。遥远的东北老家也并不过分恐慌，毕竟大家相信，病毒没有可能越过一重又一重的高山，到达我们那个偏远的边陲小镇。

17年后的今天，我也有亲人处在了风暴的中心，我的东北老家也因成为滑雪胜地而修建了机场，接待着一批批来自遥远城市的客人。17年前，我们道听途说着关于疫情的传闻；今天，我们每时每刻打开手机，都有最新最权威的信息、新闻。现实以真诚而有力的方式一次次告诫我们，当今时代，没有人能够置身事外，也没有人应该对这个世界漠不关心。

就在十多天前，朋友打电话来问我们还回不回湖北，说了不回时，我听出了电话那头松了一口气的声音。我们现在能够做的正确的事，就是服从命令，待在家里，减少外出，减小与他人接触而传播病毒的可能性。如果说17年前我对于那场非典疫情的危害体会得还不够深刻的话，那么今天，我深知这场疫情带给了我怎样的触动。

我身边熟悉的朋友，有的在卫健系统工作，除夕、初一就开始加班加点，不能回家过年；有的参加了火神山医院的建设，在寒冷潮湿的工地彻夜不眠；我身边更多的朋友，在想尽一切办法保护他们的家人，保护更多人的平安。我的爱人是一名记者，最近这些天，他每天都在联系省内相关医药、医疗设备制造企业进行报道，联系采访驰援武汉的医务工作者、爱心车队的哥……单位、个人想要捐款捐物的，更是数不胜数。

从这一个接一个的电话中，我听出了这个春节的与众不同：在本该家人团聚举国欢庆的日子里，我们都过得很艰辛，可我们都在坚持，都在付出，为了我们所爱之人，更为了我们素不相识之人。

中国人过年讲究喜气祥和，不说不吉利的话，更不能流泪。可是这个正月里，又有多少人整夜抱着手机，翻看着一篇又一篇报道，为那些英勇的人、那些坚持的人、那些保护他人利益而奋不顾身的人一次次流下热泪。此时，恐怕只有一百多年前国难危急时，林则徐的那一著名诗句，能够表达这些平凡英雄的境界，那就是"苟利国家生死以，岂因祸福避趋之"！

2020年的这个冬天，我作为普通百姓中的一员，能够为共克时艰的勇士贡献的，唯有无尽的谢意与敬意。

隔离时期的爱与情

池 莉

2020年1月22日夜，武汉三镇，这夜注定无人入睡，或者，很难入睡。

这是一个非常的夜晚，在将近二十三时的时候，单位突然来电话，紧急通知：从明天起，武汉市民实施隔离。也就是说，市民都将以自己家为空间单位，隔离在此，度过隔离期十四天，也就是新冠病毒的最长潜伏期，以确定自己是否染病，也可以由此暴露和甄别出其他染病者。

终于！终于！终于实施隔离了！

疫情暴发以来，我一直紧紧揪着的心，终于放松了许多。流行病防治的基本以及根本要义，就是"四早"——曾经是流行病防治医生的我，上大学的时候，就把"四早"背得滚瓜烂熟。其中"早隔离"，对于阻断烈性传染病至关重要。尽管当代科技发达,早隔离也还是迄今为止最有效的传统方式。道理很简单,也很通俗:这次暴发的新冠肺炎,就是要吃人,人就得躲起来,不给它吃!它利用人传人,人们就单独隔离,不让它利用!唯有最大可能地严格阻断,病毒才有可能失去传播链条,直至失活。

封城开始了并且过去了一天三天六天十一天,随着隔离时间的推移,我的心再一次揪紧。或许是我的专业帮助了我,让我能够很快理解什么叫作隔离,并且严格做好自己的隔离,立即将家中食品蔬菜分为十四天的等份,每天少吃一点,吃得尽量简单一点,争取不要因为买菜而必须外出。道理也很简单和通俗,如果一个人心存侥幸,觉得自己偶然出去一趟,买个菜总没有关系,那么每个人都会这么想。这个巨大的城市,巨大的人群,在隔离期间,都偶然出去买菜,那么病毒会再次广泛传播,封城将会前功尽弃。更可怕的是,人们一边自我破坏着隔离,一边还以爱的名义、情的借口,大肆泛滥爱与情。一时间,无数人,通过微信、抖音、微博,发表无数条煽情文字:超市还在卖菜,是大爱无疆;小贩出摊卖菜,也是生活情义;为了全家自己外出买菜,正是无畏无私的大爱。更多无知无畏的糊涂勇者,除了跟帖,还出去买菜。有的人,正是出去买了一次菜,受到了感染,一个人又传染好多人。今天的数据明摆着,已经封城十一天了,疫情还在发展!目睹这样许多向大众示爱的表情与表现,还有自以为聪明但连隔离都没搞懂的人在网络上舞文弄墨煽情，我只有满目凄凉哭无泪，月光如水照缁衣。

爱与情，都是好东西，然而绝对不可以滥用，尤其此时此刻。人哪人，醒醒吧！为了你自己和家人的生命安全，也是为了我们整个族群的生存安全，能不能闭上嘴管住腿呢？能不能多做一点有利于防疫的具体事情呢？比如联系社区街道和物业公司，集体购买蔬菜，消毒车人直接送货到小区，等人车撤离过后，再各家轮流单独去取，扫码支付就成。严密消毒防护，人不见人地购买食品，只要大家努力配合，还是可以做到的。隔离就是战争！战争必须让愚蠢、无知、廉价的爱与情走开！唯有将严格隔离坚持到底，人类才有可能赢得胜利！

我与武汉同在

董宏猷

最早听说武汉出现新型冠状病毒肺炎，是2019年的最后一天。那天上午，我在一个微信群里，发现了一个截屏信息：武汉市中心医院后湖院区确诊了一例冠状病毒感染性肺炎。一位医生提醒自己的同事，也许华南海鲜市场周边会隔离，他提醒大家要戴口罩，要洗手，要戴手套。

那时，我还在北京。但是，这些信息中提到的医院以及华南海鲜市场，就在我家附近。从我家步行到华南海鲜市场，不过十分钟。华南海鲜市场的旁边，就是汉口火车站。虽然我从来没有去过这个市场，不知道里面卖些什么，但是，毕竟离我家太近了。如果周边隔离了，我怎么回家过年呢？

我赶紧在网上搜寻相关信息。就在当天，《湖北日报》、央视新闻都发布了消息：武汉发现不明原因肺炎，国家卫健委专家组已经抵达。看来，武汉发现不明原因肺炎不是谣言了。

元旦过后，我回武汉了。武汉好像没有大的动静。我参加一个文化活动，戴着口罩出席，遭到嘲笑。那已经是元月中旬了，武汉街头基本上无人戴口罩。有的说，"造谣"的人抓起来了；有的说，不会人传人。也有朋友提醒，最好待在家里，少外出。

仅仅过了几天，一位朋友打电话悄悄告诉我，武汉肺炎形势严峻，同济医院已经有医生感染了。什么？医生也感染了吗？那不就是人传人吗？这个信息马上被证实了。钟南山院士等专家来武汉，明确说明，武汉的新型冠状病毒肺炎存在人传人，其例证，正是同济医院有医护人员被感染了。

形势立即紧张起来。武汉市108个街道中，最危险的街道排名，我家所在的唐家墩街道名列第一！好几家收治确诊病人的定点医院，也都在我家附近。我书房的窗口，正对着武汉红十字会医院。好多朋友打来电话，要我千万不要出门了。但我必须出门，马上买菜。

令我感动的是，一位教师朋友得知我已经回武汉，马上请人送来了医用口罩、抗病毒的药。封城以后，又赶在机动车禁行的前夕，请中百超市的朋友，冒着大雨送来了一大批物资，有挂面、速冻的馒头、饺子、汤圆、包子、矿泉水、卷筒纸、抽纸，等等。我清点了一下储备物资，还有土豆、胡萝卜、洋葱、菜薹、蒜苗、茄子、扁豆。大年三十夜,我家只做了两个菜,一盘菜薹,一锅排骨藕汤,过了一个最简单的春节。身处武汉最危险的地区,我不能出门,要做好长期准备,与武汉的父老乡亲一起,共克时艰,抗击瘟疫了。

作为一个职业作家,我早已习惯了自我封闭,潜心创作,有时一星期不出门都是常事。但现在,一个千万人口的大城突然封闭,紧接着又禁止机动车通行,武汉突然成了世界瞩目的疫情焦点。紧张、忙乱、恐慌、焦虑,各种各样的信息满天飞,都是在所难免的。但是,更多的武汉人选择了理解、坚守、行动。全国的医护人员星夜驰援武汉,让武汉人感动期待。封城以来,我每天都接到国内外许许多多的朋友潮水般的关心问候,让我感动而温暖。元月21日,我在朋友圈中,用白话诗统一回复朋友们的关心,没想到这首《答关心武汉和我的朋友们》迅速被朋友转发,在武汉乃至全国传播开来。

第二天,就收到美国朋友的来信,说当地华人圈也开始转发了。紧接着,荆楚网、湖北卫视、武汉音乐广播等媒体,又将此诗制作成了公益宣传片,在电视与广播中播出。这让我觉得,即使身在斗室,也能用自己的作品加入抗疫的战斗。我想起了抗战期间,为了保卫大武汉,许许多多的作家、艺术家来到武汉,创作了大量鼓舞士气的作品。那些写在、画在墙头的诗歌与漫画,那些歌咏队的大合唱以及街头剧,也许不会流传下来，会消失在历史长河中，但是，历史不会记录每一朵浪花，却会记住一条血性的大江，在民族危难之际，曾经怎样不屈地呐喊奔流。

有你会平安

徐 鲁

没有好父母,哪来的好儿女?没有好儿女,哪来的好家园?

套用老作家魏巍的一句话说:谁是我们最可爱的人?我觉得,在举国上下正在进行的这场抗击新型冠状病毒肺炎疫情的战役中,那些舍生忘死奋战在抗疫第一线的医生和护士,就是我们最可爱的人!

这是湖北省蕲春县人民医院一位护士的故事。

她的丈夫在北京工作。春节前几天,她就请好假,带着不满两岁的宝宝,到了北京和丈夫团聚,可是就在大年三十这一天,突然接到单位返岗的通知。她明白,如果不是人手短缺得厉害,单位是不会这么"不顾人情"的。

于是,二话没说,她立刻返回蕲春。刚刚坐上返程的火车,她就听说往武汉去的道路封闭了。当机立断,她选择在离湖北最近的河南新县车站下了车,然后租了一辆车,转道安徽的宿松县和太湖县,往鄂东方向的家赶路。

万万没想到,车到太湖县弥陀镇的时候,安徽和湖北的省界公路也不通车了。没有别的选择,她只能抱着幼小的孩子,顶着寒风步行回家。

从太湖县弥陀镇步行到蕲春县漕河镇,六十多公里路。这个平时总被爸爸妈妈疼爱着、被丈夫呵护关心着的人,竟然抱着宝宝,顶着凛冽寒风,一步一步走回了蕲春,回到了属于她的那个抗击新型冠状病毒肺炎疫情的岗位上!

到达蕲春时,她身上的衣服早已被汗水湿透了,宝宝也在她怀里不知睡了醒来、醒了又睡多少次了⋯⋯

这不正是"中国好儿女"吗?这不正是"最美女护士"吗?"在茫茫的人海里,我是哪一个?在奔腾的浪花里,我是哪一朵?⋯⋯不需要你歌颂我,不渴望你报答我,我把光辉融进,融进祖国的星座⋯⋯"《祖国不会忘记》这首歌里咏唱的,不就是这样的好儿女吗?

"护士长,我已经把初五的婚礼取消了,春节期间可以留守武汉,请安排我上发热门诊吧!"

1月23日,华中科大同济医院中医科一位新入职的护士,在科室群里这样请战。

婚礼的日子是一年前就看好了的,老家枝江的酒席,也早在半年前就预订了,婚礼信息在两个月前陆续发给了亲朋好友。眼看着离披上婚纱的日子越来越近,谁能料想,突如其来的疫情,把原本那么美好的憧憬和计划全都给打乱了。

疫情当前,刻不容缓。这位美丽的准新娘,怀着百般的惋惜,含泪取消了婚礼,把自己留在发热门诊第一线的岗位上。

她没有时间给亲友一一解释和道歉,只能在微信里留言:"等一切妥当后,再来个更有纪念意义的婚礼吧,现在我只有一个心思:愿每个人都能平平安安!"

像这样的准新娘,在同济医院里还不止一位。神经外科的一位护士,同样是一接到医院的通知,就取消了原定正月初二的婚礼;急诊ICU的一位男护士和在外科工作的未婚妻,在接到医院的通知后,退掉了原本打算一起回老家举行婚礼的机票,双双坚守在抗击疫情的第一线。

正如很多人在微信圈里不约而同说的那句话:哪有什么岁月静好?不过是有人牺牲自己,替你负重前行。

还有一位美丽的护士,几年前就留起了一头美丽的及腰长发。可是,疫情来临时,为了工作方便,她含着眼泪,咔嚓几下,剪掉了平时百般呵护的美丽长发……

一位奋战在隔离病房一线的护士,在自己的抗疫日记里,记下了这样一个细节:

"你好,我是你的责任护士佳丹……"当她对一位女病人这样说着的时候,她看到,那位病人正坐在床头微微抽泣。

"我能感受到她落下的每一滴泪里，都含着迷茫和害怕，因为这个感受我也有，我跟着也红了眼睛……"

"你要坚强一点！我是你今晚的责任护士，你可以叫我丹丹，你现在有没有什么不舒服？"

"没有，护士，谢谢你！但是我……是不是治不好了？"

年轻的护士看到，这位中年患者，竟然像个恐惧的孩子，用衣角擦着眼泪，用求助的眼神看着她。那一瞬间，护士的心猛地一缩。

她递给病人一张纸巾，轻声安慰道："不要担心，我们会尽最大努力帮助你的，请相信我们！你看，我们已提早为你准备了简单的生活用品。"

"嗯，我不怕，有你们在，我不怕……不过你不要离我太近，你还这么年轻……"

"没关系，阿姨，请一定相信我们！一切都会好起来的！"说着，护士又用纸巾帮她擦去了眼泪。

"你也许还不知道，17年前，我们医院在SARS疫情发生时，就治愈了很多病人，我们医院的感染科综合能力很强。什么禽流感、甲流，我们都有应对经验，你首先要战胜的是自己的恐惧心理……"

护士的一番话，让这位女患者的情绪渐渐平静了下来，嘴角终于露出一丝笑容，说："嗯，谢谢你，我相信你们！但请你不要离我太近！你还这么年轻……"

护士和病人之间的信任，还有相互体谅和相互保护的真情，就这样温暖地传递着。

"这是我的夜班记录，是我在医院工作以来的成百上千个夜班中很普通、很平常的一天，也是非常特殊的一天。我不知道下一个夜班会遇到什么，但我相信自己，相信医院，我们有能力让每一个特殊的夜班都变成不平凡的一天……"年轻的护士以平实质朴的语言，在日记里这样写道。

当星光隐入了云层，大海涌动着波澜，新一天的太阳依然会喷薄而出。你若要问，我们的祖国为什么能历尽艰辛而生生不息？只因为我们有无数的好儿女，在用真情为她守望，把她深深眷恋！你若要问，我们的祖国为什么这样壮丽，这样生机无限？只因为有无数双勤劳有力的大手，在为她奋斗，为她梳妆，为她打扮！

高高地升起来吧，我们有强大的信念，我们众志成城，去赢得最后的胜利！

平凡的感动

刘益善

我居住在武汉，新型冠状病毒肺炎袭来，武汉封城后，我与家人按照防控中心的要求，从农历腊月二十九开始，一直没有出过家门。这些天里，我读书上网看手机微信，心里时时涌动一种感动。

灾难到来，党和国家对防疫战疫工作的重视，对疫区人民的关怀令我感动；医务工作者和人民子弟兵奋战在最危险最艰难的前线，没日没夜地战斗，令我感动；特别是每天听到的看到的抗疫行动中的普通人，他们在抗击新冠肺炎疫情中的事迹令我感动。我终于抑制不住自己的感动了，我要写几个武汉战役中的普通人。

朱雄是我的微信朋友，我们是忘年交。他是90后，湖南岳阳人，武汉理工大学工业与民用建筑专业毕业，留在武汉工作,在中建三局下面一个公司当施工员。朱雄在腊月就告诉了他在岳阳的父母,今年春节因为要值班,不能回家,正月初五值完班再回家看望父母。

腊月二十九,武汉封城,为抗击新冠肺炎疫情,救治感染病人,武汉火神山医院建设项目立即上马,在短期内建成像抗非典时的北京小汤山医院一样的救治中心。中建三局是武汉地区建筑业的国字头老大,第一时间上去了。朱雄所在的机械公司接到的任务是土方开挖、场地平整,没有二话,朱雄和同事连施工带管理一千多号人员都上了工地。知音湖畔的武汉职工疗养院边摆开了战场,数百台机械轰鸣,挖掘机张开了大口,推土机使出了浑身的力气,工地就是战场,施工人员就是战士,一天二十四小时,歇人不歇机,日夜施工。

朱雄是腊月三十晚上上去的,他是夜班,晚上7点到第二天早上8点都在工地,白天睡觉,晚上再去。到正月初六,朱雄已经干了七个夜班了。我们只有在每天下午6点钟后通过微信简单地交流,其余时间白天他要睡觉,晚上要上班。我问:累吧?他说:还好,工地上几千人,都是这样干,我年轻呢!我问:与家人联系吗?他说:每天上班下班都要和父母通电话发短信,让他们放心。夜里12点和早上8点,项目部送饭到现场,公司尽量让大家吃好点,有力气干活。工地上发口罩,定时量体温。天寒地冻,下雨天,不停工,为按期完成任务而拼搏。早点建成医院,就能早点救治病人,我们是在与魔鬼争时间呢！我问：李克强总理到了你们工地，你见到了吗？他说：我上夜班，没见到呢。不过，李总理来了后，大家更努力了，这几天进度加快了。

朱雄要上班了，要和他的工友他的各种机械继续工作了，我们停止了微信聊天。我望着手机上朱雄的照片，想象着这个瘦瘦的中等个子的湖南孩子，他投入火神山医院那一片阔大而繁忙的工地，他在劳动，他在奉献，他在做他的一份工作。火神山医院工地如果是一片沸腾的海，他就是这片海中的一滴水。晚上，火神山医院工地灯火通明，在那一片灯火下，哪一缕光亮是朱雄呢？我只是祈祷：火神山医院工地施工顺利，能早日完工投入使用，朱雄他们就能撤下来，就能好好地休息休息。然后，封城令解除，朱雄回岳阳老家看望他的父母。

武汉东西湖区东山有一个菜农叫秦大安，恩施利川人，前些年到武汉打工，因工致残，后来就在东西湖租地种菜。武汉的新冠肺炎疫情出现后，秦大安从电视上看到外地来武汉援助的一些医护人员住在东西湖卓尔万豪酒店。正月初三下午，秦大安将自己地里的青菜、大葱装了满满一辆电动三轮车，骑行40多公里，边行边问，用了3个多小时才找到酒店，把菜送到了酒店。正月初五，秦大安又送了一车青菜到酒店。两次送菜，秦大安坚决不收钱，而且他送的菜里，有的是自己地里没有的，是他掏钱从其他人地里买过来的。

秦大安两次给驰援武汉的医护人员送菜，重达一千多公斤。当工作人员看到黑瘦的秦大安满脸的风霜,一只没有手指的左手,一双诚挚、纯朴、恳切的眼睛时,他们被这个鄂西大山里的汉子的一片真心感动了。

"全国各地的专家帮助湖北武汉人民抗击新冠肺炎疫情,我做不了别的事,给他们送点新鲜蔬菜,是应该的。"不善言辞的秦大安说。

秦大安是一个普通的劳动者,自己生活不算宽裕,身体残疾,经历了诸多艰难,但在疫情蔓延的当下,他用最为朴实的行动,为抗击疫情的一线人员送上一份心意。绿油油的新鲜蔬菜,是一个普通武汉人沉甸甸的真情。

我的一个朋友在湖北省公安厅交管局工作,她告诉我,武汉封城以后,他们下辖的各地高速公路警察不断接到求助,这些求助者,是节前回到地县家中看望父母或休假的医护人员。武汉封城,抗击新冠肺炎疫情的战斗打响,这些医护人员自动赶回各自的医院,不需要通知,他们要冲向战场,参加战斗,他们是最美逆行者。因为封路,各个高速公路的交警只要遇到求助,就不辞辛苦,积极调配车辆,把这些医护人员安全送达。

奋战在第一线的武汉千千万万的医护人员,他们做出了多少奉献哪!朱国超是武汉市第六医院重症医学科主任,新冠肺炎袭击武汉时,这个重症医学科主任的婆婆、公公、丈夫先后不同程度感染上了新型冠状病毒肺炎,婆婆和丈夫病情危重,高烧多日，呼吸衰竭，送到武汉市第六医院呼吸与危重症医学科病区救治。公公病情轻，居家隔离治疗，朱国超只能带着8岁的女儿住到酒店。

当时武汉市第六医院重症医学科14张病床住满病人，这些病人病情危重。查房，抢救，日常治疗，朱国超带着科室全体人员每天超负荷运转。科室忙时，她还会接到丈夫、婆婆管床医生的电话，告知她丈夫、婆婆病情危重，并称他们情绪不稳定，需家人安慰。遇到这种情况时，朱国超简直要崩溃了，她焦虑，她无助，她不能丢下科室的病人去看望自己的亲人哪！但焦虑和崩溃只是一瞬间，她很快就调整好自己的情绪，冷静下来，又继续忙起来。丈夫、婆婆有管床医生，她只有抽出中午空隙时间，小跑到呼吸病区探望两位亲人，为他们送去生活物品，安抚他们的情绪，鼓励他们要有必胜信念。公公、女儿那里，她则无暇顾及，只能抽点时间叫些外卖给他们送过去。她晚上加班抢救病人，回到酒店时，女儿已经入睡，她看着女儿熟睡的样子，心生愧疚。后来，婆婆、丈夫被转往武汉市金银潭医院隔离治疗。她干脆将女儿托付给姐姐带回湖南娄底老家，自己将"家"从酒店搬到了医院。

女儿被送回老家后，朱国超每天晚上仅能抽出一丁点时间，与女儿短暂视频一会儿。女儿多次问："妈妈，我想你！什么时候能回家？"每次朱国超都强忍着眼泪，回答："妈妈在战场，再坚持一会儿，好吗？"朱国超和女儿从来没有分离过这么长时间，她说："我是万分不舍呀，但是在疫情面前，不容我退缩。"

参加抗疫以来，朱国超没有休息过一天，武汉市第六医院被指定为武汉市发热定点医院后，重症医学科则承担起危重症肺炎病人抢救治疗工作，朱国超率先垂范，对重症病人进行一天三次查房，密切监测患者体征变化，实施对症支持治疗。有时为了降低护士感染风险，她亲自为危重症病人上鼻胃管，进行肠内营养支持。

朱国超在抗疫期间，没有在科室跟任何人讲过她的家庭遭遇。2月3日，她丈夫新型冠状病毒肺炎治愈出院，她请假3小时去接丈夫出院，科室同事才知道，而她的丈夫和公公还不知道她的婆婆已经因为新型冠状病毒肺炎抢救无效去世。

朱国超，一个名字像男人一样的女人，她也有柔肠，她也有亲情，她夜里流泪，她白天精神饱满地冲在抗疫最前线，她分得出轻重，她选择他人为重。

这些天被人们广为传颂的另一位医护人员的名字叫陈阿香，一个蕲春县人民医院ICU的护士，一个有着一岁多孩子的年轻妈妈，一个在需要她的时候能毫不犹豫冲上前线的战士。陈阿香的丈夫是国家游泳队体能教练，因为有任务过年不能回乡团圆，陈阿香在春节前请了几天探亲假，带着一岁多的孩子到北京，打算一家人在北京过个团圆年。

抗击新冠肺炎疫情的战役打响了。武汉冲上去了，湖北冲上去了，全国人民齐上阵。蕲春县的疫情警报也拉响了，医院通知所有医护人员取消休假，立即赶回医院参加抗疫战斗。陈阿香在大年除夕晚上接到归队电话之后，马上改签了返程火车票，大年初一上午带着孩子出发回湖北。武汉封了城，湖北的高铁车站关闭。怎么办？这位年轻的妈妈，这位医护工作者，这位迫切要赶回岗位的战士，选择了在最靠近湖北的车站河南新县下车。

下了火车后，她依靠导航，从河南新县租了一辆汽车到达安徽宿松，在安徽与湖北交界的安徽太湖县弥陀镇下了车。这时，安徽湖北的省界交通已经封闭，不能再走车了。陈阿香就背着行李，怀里抱着孩子，开始了从安徽太湖县弥陀镇到湖北蕲春县漕河镇80公里的长途跋涉。大过年的，加之又是新冠肺炎流行期间，路上行人稀少，偶尔遇到好心人开车，就求人带几脚，遇到封路就下车步行。她从初一出发，到初三才回到蕲春县医院，参加救护工作。陈阿香，一个初为人母的女护士，带着个一岁多的孩子，三天日夜兼程，风尘仆仆，凭着身上的一股毅力，从千里之外，克服了难以想象的困难，回到所在医院参加抗击疫情阻击战。

陈阿香抱着一岁多的孩子，背着行李在封城封乡的情况下跨省逆行，脚都走破了！她请的是探亲假，而且远在北京，如果说一句有困难不能上班，也不会有人说她不对。但是她什么都不说，带着孩子赶回医院，为了什么？为的就是心中的一种信仰：她是个医护人员，当病人需要她的时候，她要在场，她的使命就是救死扶伤。

在武汉封城，在湖北封路，在举国战疫的日日夜夜里，像朱雄、秦大安、朱国超、陈阿香这样的普通人还有许多许多，我常常被他们的事迹感动得热泪盈眶。他们不发声，他们不亮相，他们都在默默地为打胜这场抗疫战日夜坚守，做出牺牲。我要向他们致敬！

疫情当前，许多人们关注的名字被反复提及，许多重要的行动万众瞩目，但每个身处其中的普通人，也在以自己的方式尽心尽力。这些平凡到不能再平凡的普通人，在暗淡的天空下，努力发光！他们或许不能站在一线抗击病毒，但他们用自己的爱，让人们在不幸中得到慰藉，获得温暖，也激发更多人直面困难、坚忍前行的勇气。

武汉加油！湖北加油！中国必胜！这是肯定的。

最温暖的标识

李鲁平

此时是猪年的最后一天,大年三十。

去年这个时刻,我在长江中的一个岛上,到排灌站的坟地祭祖之后,已经回到了火炉旁。在看春晚舞台上热闹的节目时,母亲反复询问她孙子是否谈了朋友,什么时候结婚,尽管前年、大前年她也问过;父亲则会抱怨自己的血糖或高或低,控制不了。一家人有一句无一句,东一句西一句,一直坐到主持人倒数十秒,然后新年的钟声敲响,然后我会去菜地里点燃一挂五千或一万响的"大地红",或者三十六发"开门红"礼花炮。在新旧交替的轰响中,母亲还在絮絮叨叨,说哪家的鞭炮更响,哪家的鞭炮更大,去年一定赚了不少钱。她每年通过鞭炮的响声判断人家的进步。

有道是"年年岁岁花相似,岁岁年年人不同",而今年,在我按照习惯，准备大年三十出发，返回三百公里外的沙洲时，突如其来的新型冠状病毒肺炎疫情袭击了武汉。为了尽可能控制传染，减少病毒因为人群迁徙向武汉以外蔓延，22日凌晨湖北启动了二级应急响应，23日凌晨武汉发布通告，自10时起关闭离汉通道。那一刻起，我知道，我与这座城市千万人一起，将经历人生中最不寻常的一个春节。不用说，听不到除旧迎新的鞭炮声了，一千万人口的武汉已经禁鞭多年。更不同的是，往年从腊月二十七八就开始的热热闹闹的团年饭没有了，餐馆酒店都已关门歇业；大街小巷也见不到拎着大包小包走亲访友的人群，甚至连拜年的祝贺声都听不见了。一座城市的心在淅沥的冷雨中紧缩着。

在新年到来之际，我还是听到了钟声，从江汉关传来的钟声。它没有遇到任何阻挡，很顺利就从汉口越过长江传到了武昌。也是此时，一个刚抵达汉口的外地人在微信上说，汉口火车站广场空空荡荡。他哪里知道，畅通无阻的岂止是一个车站。在切断新型冠状病毒传染源，封闭交界交通之后，哪一条道路不是畅通无阻，哪一个广场、公园、商场不是空空荡荡。偌大一个都市，几天之内似乎没有了声音，没有了人烟。置身一个上千万人的都市，却听不到一丝喧闹和响动。近四十年来，我第一次因为安静而心慌。短短几天，生活似乎进入了一种极不真实的虚幻世界。

就在此时，几十公里外的知音湖大道上，上百辆自卸车在排队转运泥土,上百台挖掘机已经铲平了一座山。几千人日夜不停,他们要在七天内建起一座名为"火神山"的医院,用于隔离、治疗感染新冠肺炎的病人。这个叫"武汉职工疗养院"的地方,我很熟悉。1995年,武汉在这里举办过一次重要的长篇小说笔会。武汉第一部以汉口城市建设历史为题材的长篇《孕城》,第一部以医院为题材的长篇《儿科医生》,第一部以三峡工程为题材的《家在三峡》都诞生在这里。此次防疫的主战场之一金银潭医院,一家专门应对传染病的专业医院,就在张公堤的北面。在彭建新的小说《孕城》中,这条大堤是汉口形成的标志。多年前,堤外的金银潭是武汉微不足道的一个水洼地,即使在金银潭医院建起之后,人们也不关注它,它对面的海洋世界远比它有知名度。但现在它是中国的一个焦点,多数感染新型冠状病毒肺炎的危重患者都被安置在这里。徐世立的《儿科医生》不一定是以武汉儿童医院为原型,但腊月二十九,武汉儿童医院八十六岁的呼吸内科专家董宗祈教授开着电动轮椅去门诊部上班了。手机上有董教授穿着防护服说话的视频,视频很短,他说的话也很短:"我这一辈子是为了什么?不就是为了救几个病人吗?"从知音湖的火神山医院工地,从作家之前在此地写下的故事,再到金银潭当下的紧张施工,这座城市从未停止对自己的书写。

此时此刻,从广州、重庆、西安、上海等不同的方向,支援武汉的陆海空三军医疗队正在登机。这些身穿军装的医生点名的声音,他们排队走向军机的脚步,以及一个个列队宣誓的场面,通过微信在武汉这座城市的上空穿梭,在无数冰冷的心头点燃重生的火焰。我一次次播放飞机轰鸣的视频,放大他们出发喊出的口号,而热心的微友很快就发出为军医准备了多少口罩的信息。这一刻,我长舒了一口气。连续几天来,我从未像此刻这样放松紧绷的神经。

其实,一直支撑我们面对恐惧的有很多很多。就在金银潭医院附近的盘龙城,一个餐馆老板年前准备了几万元的货,在23日封城后只能歇业。她说她也怕,但更怕医生们撑不下去,而自己又帮不上忙。她从手机上得知医护人员凌晨3点之后吃饭很不方便,只有方便面。她公布电话,发出24小时在线为医护人员送餐的承诺,并将餐馆和汽车都做了消毒,店里五个工作人员都不放假。她计算过到医院的车程和时间,从盘龙城出发四十分钟到协和,十五分钟到一六一医院。五个店员的店,是一个不起眼的店,很小的店。在餐饮业发达的武汉,我想,她只是一个很小的老板。这世界比她有实力的商人很多,比如武汉大学校友总会发了一份感谢各地校友分会支持的信,信中列出的很多校友分会在海外。那些从珞珈山走出去的学子,正在采购口罩、防护服、护目镜等急需的医护用品。他们联系航班、海关、运输,接收的每一步,在校友之间的微信上不断更新。闭门不出的几天里,我一直关注他们的进展。看见微信上说遇到了困难,替他们揪心,然后下一条信息说已联系了哪里，马上可以解决，又替他们欣慰。论实力，这些人肯定比盘龙城那个餐馆老板强，但此时此刻，他们怀着的牵挂一样大。

  1月21日开始，我们就被那些不断披露的申请书、请战书感动着。手机上流传最早的申请书，我相信是华中科技大学同济医院一位教授的申请书。这份申请书只有短短的五行字，在申请书的结尾，这位有着25年工作经验的主任医师说"不计报酬，无论生死"。这句话后来成为申请参战医护人员的共同心声，出现在许多申请书中。我们不知道他的名字。那个坐在火车上回家过年，听说单位在征集报名，毅然下车返回的护士，我们也不知道名字。武汉大学人民医院的教授来不及与丈夫商量或说一声，就报名上了抗击疫情的一线。在这些人中，有一位我知道名字，我认识她，武汉市中心医院的护士长唐莎。她的一席话令很多人记忆犹新："哪有什么白衣天使，不过是一群孩子换了一身衣服，学着前辈的样子，治病救人，和死神抢人罢了。"几年前我去中心医院体检认识了唐莎，她带着我在各个科室穿行，向我解释化验单上数据的含义，提醒我注意什么，宽慰我不必过度在意，到了一定年龄很多指标或多或少都有点不正常的。像其他很多医护人员一样，她平常而平凡，就如她的这一席话。她当然知道，面对病毒对一个城市的攻击，她和那些小姑娘都有天职，换上衣服便开始了以爱心和责任护卫生命的事业。或许，她只是不愿意这些刚刚走出校门的孩子承受太大的压力；或许，在她看来，她和她带领的这群孩子，只是在做自己应该做的本职工作。但她的话不经意传达出一群人对传统和责任的理解，对生与死的态度。在武汉三镇的一线，有很多唐莎，他们没有豪言壮语，就是简单的几句话，便穿上防护服走上了战场。看不清他们的面貌，比如眼睛、鼻子、嘴巴、脸型，他们的背影是这个城市之际最温暖的标识。

也是21日开始，上千万人正经历一场前所未有的科普和卫生习惯的改变。各种消毒的方法，从吸烟、白酒、熏醋、酒精到中药偏方、小麻油滴鼻子，五花八门、形形色色、有真有假，而各种对新型冠状病毒的介绍，居家隔离注意事项，感冒、发热、肺炎的相同与不同，以及通风、洗手、戴口罩等自我保护的方法，都以从未有过的关注度，反复在朋友圈传播。无数人在几天内获得的自我健康的认识，都超过了他们之前获得的总和。当然，一个城市的人都足不出户的日子，并非只有这些。有人此时此刻正招募私家车接送上下班的医护人员；有人把手头掌握的医院周围酒店房源做成了表格，提供给有需要的医护人员住宿；有人正按照网上的货单，把市民急需的蔬菜送到家。

因此，谁能说这座城市没有生气？谁能说这座城市冷清？谁又能说这座城市没有信念？

此时此刻，我的家乡，那个长江中的沙洲也采取了应急措施。本来是一个孤岛,现在更像孤岛了,只保留一个通往外界的码头运行。之前,还不理解儿子不回家过年的父母,这下想通了,嘱咐我们只管把自己照顾好,其他的不要操心。这个春节,不只是武汉特别,不只是我的春节特别,很多人都一样。在未知而神秘的病毒面前,每一个人都是特别的。

除夕之后就是新年。我们别无选择,既然如此,像那些穿上防护服走进病房的天使一样,去吧,去迎接新的一天。

静待春天

匪我思存

这几天都睡得特别晚，前天凌晨2点多，突然在网上刷到武汉即将停掉市内所有公共交通，包括地铁，关闭机场和火车站等外出方式的时候，心里咯噔了一下，一来是这个措施说明疫情形势很严峻，二来是这辈子万万没想到会遇见一次"封城"。

一瞬间脑海里闪过无数念头，其中还闪过要不要立刻开车出城，马上购买机票其实来得及走。但这念头也就是一闪而过，旋即镇定下来，心想我哪儿也不去，我就待在这儿，我全家都待在这儿。我不跑，我也不怕。我对大武汉有信心。

然后叫醒我妈，跟她说必须去加油站把车子加满油，因为第二天封城了，没有公共交通。我妈因为睡眠被打扰很不耐烦想骂我，于是我立刻机智地提醒之前我购买口罩的时候她是怎么骂我，事后又怎么庆幸，于是她乖乖穿衣服起床，跟我一起下楼开车戴口罩出门。

加油站一个人都没有,我们差点以为没人值班。一个小伙子戴着口罩出来给车加油,我看加油站小超市还开着,于是扫荡了大米和一些零食,值班小伙惊呆了,大概也不知道我们凌晨3点为什么买这些东西。

开车回家进门洗手消毒,刷了一下网上的信息,倒头睡。

第二天醒来,发现全市人民该去超市已经去过超市囤货,我妈也趁我没起床(她知道我反对她出去买菜),戴着口罩奔了一趟超市,告诉我菜价略涨,但总体还不算离谱。于是我吃了有生以来最贵的一盘菜薹。主要也是因为平时菜薹便宜,尤其在我们大武汉,冬天的菜薹从来就是最便宜的家常小菜,现在居然要十元钱一斤,真是令人发指的高价了。

我妈很迅速地抱怨完菜价,然后慎重承诺以后再不出门。

这一天过得很快,因为网上讯息很多,然后全世界的亲朋好友从四面八方发来了慰问。每个人都问我还好吗,需要什么。我乐观地回答,一切都好,需要口罩,但是好像也收不了快递。

南美的朋友告诉我连南美的口罩都卖光了;北美的朋友说正在努力,就是怕物流太慢到武汉已经半个月后了;新加坡没货;上海的朋友最给力,他们给我寄出好些顺丰包裹,里面都是口罩和消毒液,就是担心我不能收到。

东北的同事不用说了,刚从武汉回去,正在自我隔离。

我们都祝对方健康平安,各自珍重。

下午的时候，我妈清点了一下存货，家里口罩还剩个位数。她安慰我说，反正不出门，不出门就用不上。

我哗啦啦把所有窗子打开给屋子通风，认真计时，到点才关窗。太冷了。

我们大武汉不南不北，不尴不尬，说南不包邮，说北又不供暖，简直就是"得天独厚"，再加上闹这新型冠状病毒肺炎，被全国人民狠狠关注了一把。

我跟回东北老家的同事说，千万别跟亲友聚餐吃饭，她说放心吧都知道。

说起来真是万幸，同事虽然在武汉住了一段时间，但因为那段时间太忙了，我们没日没夜在工作室开剧本会，大门不出二门不迈，去过最远的地方是搭电梯下楼拿送来的菜。

昨天忙碌又漫长，大部分时间都在网上刷各方信息，发现本地各大医院其实都缺口罩、护目镜等医疗物资，而且感觉医生很焦虑。转发了一些求助信息，不断安慰自己一定会有办法解决的。

稍晚看到全国各地抽调医生前来武汉支援的消息，替一线医生松了口气。连续作战已经是疲劳战了，终于等来了援军。

又过了一会儿，官宣马上要用六天建一座小汤山式的隔离医院。

到了临睡时，时差党朋友在网上敲，问我还好吗。我说一切都好，我们全家宅着不出门，努力减少对社会资源的消耗，不添乱。

她安慰我说我做得很对。

然后我就睡着了。

昨天好消息就更多了，一觉醒来几百台挖掘机已经在建医院，全国支援的各种物资从四面八方朝武汉涌来，连夜往武汉运。

下午的时候感觉情况越来越好，不仅官方各种调配，社会资源也全面动员起来，有更多的好心人提供了各种各样的物资和帮助。比如有人自愿组成车队接送医护人员上下班，比如有人提供医院附近的房子免费给医护人员暂住休息。

今天是除夕，爆竹声中一岁除，春风送暖入屠苏。大概在一周前，我都万万没想到，我会以这样一种方式和心情，在封城的武汉度过春节，人生最难忘的体验。

就代表一下自己，一个普通的武汉市民，感谢所有支持、帮助、关心武汉的朋友。认真说句谢谢！真的，好几次我都没忍住眼泪，谢谢你们所做的一切。

我也就代表自己，向所有看到这篇文章的朋友承诺，我全家会好好自我隔离，闭门不出，不添乱，静待春天。

待到春暖花开的时候，待到疫情结束，欢迎大家来武汉呀，春天我们去看樱花，夏天我们去吃小龙虾，秋天我带你们去走我最喜欢的东湖的那条路，冬天我们爬到晴川阁上去看大江奔流和黄鹤楼。

愿青山无恙，明月依旧，不负少年游。

我在武汉，等着与大家重逢，相聚举杯一醉。

祝各位健康平安，万事如意，心想事成！

明天是新的一天

叶倾城

2020年1月21日

电话响,是在医院工作的二姐,说:"我在楼下。"

我说:"我们都在家,你上来呀。"

她说:"我昨天接诊的一个病人,今天确定是肺炎了。我两个同事已经倒下了。我不回来吃年饭了。"

信息量太大,我一时反应不过来。她说:"我把一箱橙子、一盒樱桃放在电梯上,我按了楼层,它上去后你接一下东西。还有蛋糕券。最近,我就不回来了。"

电话断了。我看着电梯一层层上来,简直像心提在嗓子眼一格格上来。门开了,电梯间地板上,果然有水果和蛋糕券。

我拿起来，上款是我二姐的名字，下款是医院工会祝她生日快乐——半个月前，是她的五十岁生日。

直到此刻，我很惊慌。说来惭愧，我只担心我的姐姐，我只想问她：你在医院，危险吗？

2020年1月22日

按这几年的习惯，我们都不备太多菜过年。反正过年也休不了几天市，何必囤一堆。

大清早去了菜场。卖牛羊肉的给了我一整个羊腿、五斤牛肉。我犹豫一下，说："我要一半吧。"他说："后天三十了，未必还卖。"我还是全拿了。

卖鸡鸭的两口子都戴了口罩，一次性的那种。从他们身边钻出一个小朋友来招呼我："阿姨，你要好一点的鸡还是普通一点的？"他个子小小的，看上去跟小年差不多大，我边买边问："上几年级？哪个学校？"

他爸边拔鸡毛边答我："六年级，不是在这里上，放假了过来玩。"

我忍不住笑起来："今年有肺炎哪，哪里都封了，哪里都玩不了。"

他爸抬头看我一眼："过一阵就好了吧，反正寒假也蛮长的。"

2020年1月23日

我是被一连串电话惊起的,不断有人跟我说:"武汉,封城了。"什么叫封城?封城是什么意思?当我弄清楚之后,最开始涌上的是愤怒:我们被隔离在世界之外了吗?

我第一个庆幸是:幸亏我昨天去买了菜。第二个念头就是那个卖鸡给我的小孩怎么办呢。他和父母一道被困在这个城市。生活怎么办?上学怎么办?

上学,对我来说,还是很重要的事。小年在年前还有最后一次羽毛球课呢。上还是不上?不用上了,教练在群里发了通知。

业主群里一片混乱,有人赶在最后时分去抢了两袋米、几箱水果。我检点过家里的存货,稍许安心了些。最严峻的时候,必须要想的是:食粮可充足?水电是否无虞?老小区要人工买电,菜场几时能恢复?此时此刻,居然感激平时的自己,是个爱吃零食、囤了一屋子零碎的人。

2020年1月24日

有很长一段时间,我都觉得这是一个科幻电影。我被困在一部电影里,进退茫然。这部大戏,鸦雀无声。

我在微博上,看到二姐所在医院在向社会呼吁捐赠,我心慌慌地问她:"你有防护服吗?"

到了晚上,她才答我,其实是答非所问:"我们医院被征用作为发热医院了,改造后使用。看现在的形势,不知道封城会持续多久。你们干粮储备要丰富,别浪费。"

那句"别浪费"让我全身一紧。我问她:"你会一直在一线吗?"她答:"应该。"我说:"那至少,你每天和我们说一句话,让我们知道你的平安。"她说:"没事的。"我很想说:"但你是心内科的呀……"我什么也没说。

我知道这是灾难,也是职责。她只是在做她该做的事。而我该做的,也无非就是照顾好家人。

刚刚经历了除夕夜的零时,而此刻已是大年初一。我要开窗四望,才看见对面的一楼还有灯。连听见电梯上下的声音都像一种安慰:这不是一座废城,还有人与我共同生活于此。

我不由自主地感谢宽带供应商、有线供应商、电力公司、自来水公司、天然气公司……

2020年1月25日

朋友向我抱怨家里的老人不理智,这个时候还张罗亲戚聚会。年轻人不太能理解老年人对亲戚的痴念,因为他们没有参与过老一代的成长:小小的、封闭的世界里,堂表兄弟姐妹是闺密，是哥们儿，是初萌的爱意。有些人，后来有机会走出小世界，在大世界里拥有更广泛的人际关系，但相当多的人没有这样的机会。与亲戚，特别是与和他们同龄的亲戚在一起的时候，能兴致勃勃说说年少时的事，多好。

可当此非常时刻，儿女们简直恨他们想走亲访友、想被亲友走访的需求。平时能够母慈子孝，到现在必须"我们""你们""他们"，总有些需求是没有来得及点燃的火，在阴雨里烟雾腾腾地熄灭了……

我能说的只是：都会过去的。我上网查了2003年北京在非典期间的中小学放假事宜，对小年说："可能一时半会儿开不了学……"我正准备给她进行身心各方面的安慰，但见她抬起头来，满眼发光，兴致勃勃地说："太好了。"这是小年第一次身历大事，我与她，在共同参与历史。

后来下起了雨夹雪，落在身上就是大粒的雨。我和我妈一道去附近她开垦的菜地，心中没底，多少收点菜回来吃。

慌慌张张，遇到一对邻居老爷爷老奶奶，看到我妈一把抓住，当她是救星："胡老师，卖一棵大白菜给我们。"原来，他们是拖着购物车坐公交车去买菜的。封城之后，女儿就开车给他们送菜。明天起，机动车被禁了，女儿过不来，他们出不去，怎么办？他们在走投无路之下，想起了我妈与我妈的菜地。

卖是不可能的，我妈立刻蹲下身去，砍一棵大白菜。我妈想削净了再给他们，他们忙不迭地接过去，千恩万谢。他们抱着大白菜的样子，像抱个婴儿。

幸好后来又说，原定的机动车禁行调整了，改为"收到短信通知的机动车禁行，未收到通知的机动车可以照常上路"。

长期宅居，未免太不健康。看看周围邻居的朋友圈，还有人天天在操场上跑步打卡。我决定带小年去汉街走走。我从来没见过空无一人的汉街，有些店的霓虹灯还在闪，有些店还写着"过年不打烊"的大幅彩招。

竟然见到了人，是清洁工。她看到我们，也是一脸惊疑。这是我们很久以来，第一次见到家人以外的人吧。

我反复问二姐："你怎么样？"也是隔了很久，她才答我："别担心，现在武汉大多数医生都在看发热病人，全国各地的医生都在往武汉来支援。正应了那句话，你不是一个人在战斗，没问题的。你安心待着。"

我问她："医生被感染的情况怎么样？"她说："没看到数据。"我说："那你的同事们呢？"她说："所有发病的都恢复了，别担心。"我才松了一口气又在想：万一，她没有对我说真话呢？这种时候，对我们，她只有一个标准答案哪……

2020年1月27日

家门口不远处的地铁工地，已经停工若干天，今天忽然有响动，我看到有工人出入。

后来，有工人过来，跟我妈买大白菜。今天，在市场，大白菜十元一斤。我妈当然还是不会收他们的钱，给了一棵，与他们聊了几句——都戴着口罩，也不可能深聊。

他们是在封城之前就回家了的，然后不知道在哪一关被挡住了，于是又返回武汉。至少在这里，他们还有一个集装箱房子可以睡觉。那个集装箱房子，小年一直很好奇，我也觉得在夏天，像个浪漫的露营地，但现在是冬天。

原来我见过他们在路边开饭，一般就是一个馒头，一个搪瓷碗里有萝卜、白菜。现在只会更将就。

2020年1月28日

小年对我说："我要找小薛、小黄玩。"我说："封城了。"小年说："她们都在武汉哪……"

我将如何告诉她正在发生的事？最后我说："如果她们上我家来，我肯定不介意，你也不介意，甚至她们的爸爸妈妈也不介意，但他们会介意我们担心，我也会担心他们担心。"我说得这么绕，但她好像明白了。

也许，多有兄弟姐妹还是好的，至少在被困于一地的时候，有人稳定地牵挂。

我惦记二姐，她却说："病房里不能用电话，不要打。我出来会和你们联系的。"

2020年1月29日

小年的同学们在家里待腻了,开始在QQ群里模拟上学的时间表。11时42分,他们互相提醒:"还有28分钟要奔饭了。"——奔向食堂,不是真饿,是坐了一上午,享受飞奔的过程。

冷不丁,他们中会有人煞有介事地说:"某某文章如何赏析?"又过一会儿,有人说:"谁有大培优的答案给我对一下?"

今天是周三,是"独立作业"的日子——其实就是周考。看他们那么认真地假装,这是多日来,我第一次能笑出来。

2020年1月30日

有一个朋友说:"为了节约食物,我一天只吃一餐饭。"

我忍不住忧虑起来:"现在市面上供应这么紧张?"两条大鱼已经吃完了,鸡也快到底,就剩羊腿还完好无缺。吃素是更不可取的,因为青菜的储备才是最有限也最难补齐的。

她说:"不知道。是我自己不敢去市场。"

我真的很担心二姐。当医院成为战场,她很自然地,像她所有的同事一样,成为第一线的战士。我知道,她像新闻里一样,每天穿着防护服上班。我唯一能说的就是:你每天至少要和我们说一句话，让我们知道你安好。

肯定是很忙，她没做到，往往是两天只发一个表情包——也让我们的心安定下来。

微博上说各医院防护用品都短缺告急，我大惊问她，她答两个字：还好。

这是真的吗？易位而处，我想我的答案也是如此。问长问短有何用处？当"强敌"入侵，我们只能以各种方式在冲杀、在搏斗。

今天天才蒙蒙亮，我被响动弄醒。妈妈带着忧愁说："天然气没了。"她半夜被冻醒，一摸暖气是冷的。她冷得头疼起来，她原来得过腔梗（脑梗的一种），不敢掉以轻心，赶紧把电热毯开到最大一挡，又拿了两床小被子盖住脚。天一亮就叫醒我了。

我一直担心这件事，事先就打听好了，在支付宝上可以买气，但要到物业圈存一下。我要感谢的是，物业还在上班。

下楼的时候，发现电梯坏了——我们社会上的所有设施，背后都是多少人的付出！

我到了物业，人家还没开门。我站在玻璃门外，眼前就像一个舞台。突然听见里面有座机响，一个姑娘从后面出来接电话："17幢有确诊？什么情况？"

戴着口罩的保安靠近门边，我直接把煤气卡从门缝里塞过去，他接过去，在门的那边扬声问我名字与楼号。插好后，从门缝里还给了我。

2020年1月31日

有在美国的同学忽然问我:"你认不认识需要帮助的医护人员?"隔着屏幕,我知道他看不到我的苦笑:"我认识的每一位医护人员都需要帮助。"他说他想捐两箱口罩,问了几家公司,都说不能寄到武汉。

小年念念不忘的小黄,她妈突然问我:"你知道附近哪一家超市可以送菜吗?"

她住得离我不远,我说:"你到我家来,我妈妈有菜地,拿一棵大白菜、一个萝卜,也能坚持一周。"

她和我客气了一会儿,就说定了,我把菜放在楼梯口,她自己拿,两边面都不用碰。这是为了大家好,完全没有感染的风险。

她事后在微信上问我:"是买的?"

我知道她看到了保鲜袋上的标签,我说:"我妈节约,重复使用保鲜袋。"

她衷心地说:"真是羡慕你有个好妈妈呀。"我也这么想。

今天是1月的最后一天,可以把不愉快的事都放在今天结束吗?

《飘》是这样结束所有的爱恨与挣扎的:明天是新的一天。

灯火可亲

舒飞廉

早上起来,阴天,冷,窗外鸟儿鸣叫不停。

9点来钟,出门去买菜。昨天市政府发布了机动车限行令,没太看明白,还是自觉践行,所以征用了儿子的山地自行车。自从儿子弄了一辆像黑山羊一样的电动车之后,它已经失宠久矣,蒙上一层薄灰不讲,左侧的踏板轴也松脱了,找来斧头锤几下,算是斗上了榫。打足气,擦擦车,背上双肩包,穿戴上妻子指定的户外专用运动鞋、棉衣、帽子、眼镜,也算是全武行。一人一车下电梯,按键上方提醒回家洗手的字条还在,按键盘又专门蒙上了一层保鲜膜,可以随时剥离更换,物业公司是有心的。

小区的中百超市规模不大,但麻雀虽小,五脏俱全,与前天蔬菜被扫荡一空比较,今天情况好了很多,黄瓜、番茄、豆角、南瓜、平菇、青椒都有，只是没有叶菜，新鲜的猪肉也卖完了，所以我决定出小区，去一公里之外团结村菜场上的中百仓储。

这家仓储店是上下两层，有小区超市五倍之大，顾客不少，与我一样全副武装地挑选食物。看到货架与冷藏柜里，猪肉牛羊肉各色熟食品种齐全，心里觉得安定，放入购物篮中的东西反而变少。我买了一斤多五花肉、两根尾骨、一大块卤牛肉、两袋粉丝、四包薯片、一把小香葱、一束茴香、一小瓶玉米油、三罐一升装椰汁。

付款的时候，三个通道各有七八位顾客在排队，间距比平时要大。轮到我这里，我找售货员要了两个塑料袋，忙了半天，也没有将袋口捻开，售货员伸手过来，非常熟练地帮我扯开口子。乘电梯下楼，有意识地没有去碰扶手。出大门的时候，眼前挂着厚厚的帘子，先我之前出门的，是一个小伙子，戴着口罩、泳镜，但与我一样，没有戴手套。他侧身用肩头将布帘撞开，钻出去，好像孙悟空撞出水帘洞，我也如法炮制。

仓储的广播在反复播放"武汉每天不一样，嘿，武汉每天不一样，嘿嘿"的歌，还有承诺不涨价不断货的告示。仓储对面有好几家早餐店，热干面、面窝、生煎包、鱼糊粉、襄阳牛肉面都不错，从前热气腾腾，今天都关了门，当然，即便没有这次疫情，他们在春节也会歇业好几天，团结村菜市场也是这样。街面上，两家杂货店出了摊，一家药店也开着门，只是贴出字条"特殊时期,隔门售药",大概是要求买药的顾客站在门帘外,大声报出药名,售货员大姐会将药品由门帘内递出来,这时候,扫码付费真好。水果摊也开了一家,我买了两斤香梨、三斤冰糖橘,橘子还好,但是香梨要20元一斤,跟所谓的梨子润肺有关?水果摊还兼卖一点青菜,正是中百超市与仓储都稀缺的"尖板眼",比如本地的小白菜、红菜薹、菠菜、茼蒿,贵,我装了一袋茼蒿,二斤九两,29元。

结果还是买多了东西,塞满双肩包不说,车把手上也分别挂了两个塑料袋,骑在自行车上摇摇摆摆,好在街面与公路上人不多,车也不多,自行车斗折蛇行,也没有关系。只是出门前处理过的左侧踏板轴还是出了麻烦,又松脱下来,现在找修车铺是不可能的。将车推上沙湖路的人行道,由行道树下的鹅卵石堆里挑了一块鹅卵石,将踏板轴重新砸进去,感觉自己像一个疯狂的原始人。

小区凭卡出入的便门被扎铁丝捆起来。重新绕到正门,值班大哥持着电子体温计,嘀的一声测过我的体温,将我放行进小区。

回到家,妻子已经拿着盛满消毒液的小喷壶在等我,自行车、鞋子、衣物、双肩包、购物袋,一件件在铁门外仔细喷洒完毕,才放我进门。洗手,摘口罩,洗脸,洗鼻,洗头,换上睡衣,坐在沙发上、空调边,小妖总算是巡山归来。我觉得,此时此刻,小小的家,山洞,这个城市唯一可以不戴口罩的地方，是如此的温暖、安全，它的意义，好像以围城为背景凸现出来了。买菜这样的琐事，也因为值此时疫，而变成了一次冒险，一次仪式，一次惊恐，如同梅尔·吉布森的电影《启示》里，一次部族打猎的行程。每一件放进冰箱的物品，粮食与蔬菜，也如此珍贵，令人安慰。如果将病毒拟成执意要将我们的生活摧毁的魔鬼的话，它一定不会想到，经由它制造出来的疫病、死亡、流言、信息……在它的饱和攻击之下，我们的日常生活一下子敞亮起来，有了灵性，有了一点神光，被重新发现，变成了造物者的无尽藏，这大概是出乎它意料的吧。

吃完中饭，我又推车出门，骑行去工作室——干点活，比不停刷手机看微信、微博要好。寒假之前的写作课，同学们交了结课的散文作业，好几位同学都写邮件来质疑我的评分，这些同学在各地顶着"武汉回来"的名头，惶惶不可终日，家乡变成异乡，还不忘与我这个写作课老师切磋。游于艺，乐斯道，真的可以忘忧？有一位同学发来他新写的诗："美。像蜻蜓盛开在标本里。丝滑透亮的翼，光洁笔挺的体。"你看，一种蒸汽朋克一般的美感，在死亡面前凸现出来了嘛。去年11月，学生组织科幻小说征文，命我做评委，10日我去上海参加一个小组讨论，看过一半，接着往下看。同学们的想象力真不错：星际探索，人工智能，基因变化，虚拟世界与现实世界的交会……赶紧与上海讨论小组的朋友们联系，经过了两周的隔离，我的状态还不错，这些天给他们添麻烦了。武汉交通隔绝，但是网络还在，父母在南宁弟弟家里打牌，姐姐一家三口在孝感家里看电视，妹妹一家正在村里做晚饭，我们用微信视频聊天，开出四个小窗讲了十几分钟的话，跟从前聚在一起吵吵嚷嚷并无不同。又看了十几页吉登斯，日之夕矣，阴沉湿冷的天气，黑夜的来临，是毫无觉察的。

锁上工作室的铁门，全副武装骑车回家。翠柳街，东湖路，灯火堂皇，两三公里的路程，我遇到的行人，没有超过十个，遇到的车，也没有超过十辆，路边小卖部、药店、银行的ATM取款点有开门，酒店、餐厅、服装店、洗浴店、KTV，招牌灯都黑了，有一家烤肉店开着门，坐在店里的两个人，不知道是店主夫妇自己，还是顾客。一位中年男子出来遛狗，白色的斗牛犬，男子紧紧地攥着遛狗绳，狗大概是不太习惯空旷的街景吧，大声吠叫，颇有"狗吠深巷中"的情味，从前这个时候，人影幢幢，它是可以呼朋唤侣地巡游的。遇到街口的交通指示灯，我仍然会红灯停绿灯走。岳家嘴的立交桥四通八达，有一点像高速公路。群星城、销品茂这样航空母舰一般的商业中心，寂寂在黑暗里。从东湖公园旁边路过的时候，发现林园里的彩灯仍然在闪烁，灯会刚刚布置好，凤凰在那里展翅，神龙在那里飞天，不知道哪一天能够重新开园迎客。梅园里的梅花，这一周会开到极盛，怕是有史以来第一次"寂寞开无主"吧。2月初的新柳，2月底的樱花，3月中旬的牡丹呢？

吉登斯说，流动性是后现代社会的特点之一，的确是洞见。天南地北的山珍海错，交会在华南海鲜市场，天意难测的病毒由脏乱与混杂的混沌中暴发出来。武汉在天下之中，八百万人在城，五百万人出城，由一个江汉朝宗的江湖出发，如影随形的疫病也因此扩散到全省、全国。"气蒸云梦泽，波撼岳阳城"，孟浩然大概不会想到，他的诗会成为今日病毒流布的一个隐喻。真希望他另外的诗，"春眠不觉晓，处处闻啼鸟"的从容，"襄阳好风日，留醉与山翁"的喜悦，也能够实现——我们不愿意错过东湖的灯会花朝，梅潮樱海，磨山春山可望，市民春服既成。

现在，流动性已经被迟滞下来，飞机、高铁、长途大巴、小轿车，那些让我们"脱域"的，对时间与空间进行压缩的工具，多半都马放南山，停泊在它们的库里。我们坚壁清野，我们的城市是空的，是静的，长江汉水交汇在龙王庙，滚滚北去，我们好像都可以听到它流过城市的声音。

但我们并不是一座空城。在街道后面，在立交桥后面，在二环三环的道路后面，是千百个社区，楼宇林立，灯火繁盛，并不比密云中的星辰、星座与星系少。每一个人，都因为这一场时疫，因为伤病者与逝者的馈赠，得以发现自己的城市，自己的社区，自己的家，以"武汉人"的名义，得到重生。"夜阑更秉烛，相对如梦寐"，家里的灯，是温暖的，小区的灯，是温暖的，武汉的灯，也是温暖的。

我跳下单车的时候，总算让自己由饱和性的火宅里摆脱出来了。推车进小区，门口的中百超市已经放下卷闸门，售货员有条不紊地整理货架，迎接明天的营业。值班大哥又嘀的一声给我量体温放行，口罩之上的双眼里，并没有慌张。晚上8点，我们小区的邻居，正戴好口罩，在阳台的玻璃窗下，此起彼伏地喊着"武汉加油"。"邻人满墙头，感叹亦嘘唏"，我们有家人，有邻人，有国人，身在武汉，并不孤单。新年以来，就是在这一刻，我眼中有泪。

积极面对

宋小词

没承想一个小小的肺炎竟带有摧毁的力量,听到有这么一档子事的时候,应该是元旦。一个肺炎嘛,能成多大的气候呢,没过几天就听到武汉华南海鲜市场被强制关门的消息。那时我也觉得此事与我没有任何关系,没有从这些措施和报道中嗅到一丝丝危险的气息。直到20日,我爱人回家跟我郑重说起这个事,我才把它当成了一件事。不过也没怎么往心里去,要过年嘛,一心都沉浸在节日的气氛里,依然带着孩子今天逛逛中商平价,明天逛逛盒马鲜生,盘算着团年饭吃啥喝啥。

直到手机上频频报道新型冠状病毒,直到钟南山院士亲临武汉,直到武汉下达封城令,我才知道这个病毒的厉害。一个病毒发展成了一起惊天动地的人类事件。

我一下蒙了!武汉哪,一个千万人口的大城市,这个城市刚刚举办过一场惊艳全球的世界军运会。封了！

最初心里是慌乱的。年关封了城，首先是打乱了计划和节奏。本没打算留在武汉过年的，这下得囤积生活物资，一个与病毒大作战的年关，除了囤粮食还得囤药品。跑了菜场还得跑药店。菜场的菜都好说，肉蛋蔬菜抢购一番就行，但药店里买药得排队，排长长的队，昔日少人问津的口罩很快一罩难求，板蓝根、消炎药也很快断货。我跑了几趟才买到口罩，还是活性炭口罩，网上说活性炭口罩没有用，但那时哪里还顾得上功能，只要是个能捂住口鼻的就行。两盒活性炭口罩加20个N95花了我近一千元。当时没有觉得贵，是后来对比了正常价格才知道涨了价，不过这些都不计较了。

封城第一天，我收到很多来自五湖四海的朋友的问候，令我很感动。武汉一夜之间沦为疫区，成了恐怖地带。外界的朋友似乎比我们更能感知危险。我们身在疫区，反而还有些迟钝。

封城之后禁止机动车辆出行。这些都跟我的日常没有太多关系，反正我平日也是宅。我的阵脚大乱来自我爱人单位的一个同事家属，那个同事家属是汉口那边一个医院的护士，因有疑似症状被隔离了。上级便要求这个同事所在的整个科室成员隔离。在营区的不能出营区，在外面的不能进营区，以确保营区高度安全。我爱人只能在家隔离。

那个同事的家属是武汉人，结婚不到半年，长得挺漂亮的。她应是在抗击疫情一线被感染的。对这些坚守在一线不计个人得失的医护人员,我的内心充满敬佩。那个与爱人同科室的同事平时对家庭不怎么上心,现在打电话跟我爱人倾诉,说自接到他爱人疑似感染要隔离的消息后,他的心里很是难过,觉得从前对待妻子不够好,陪伴的时间太少了。我爱人挂了电话跟我转述此事,我们都呵呵一笑,突然的隔离,让爱惊醒了。

在家隔离便要有隔离的样子。给爱人单辟了一个小房间,佩戴口罩,没事不要出来,勤洗手,洗手一定要用香皂。

从前觉得新型冠状病毒与我很远,因家中有了隔离人员,一下就觉得这个病毒就在我身边了,在我日常生活里了。它无影又无形,却又如影随形,时时能威胁到你,给你一种强大的压力。爱人戴着口罩,自觉进了小房间。我则用84消毒液给家里做了一次全面的消毒工作,门把手、马桶、盥洗盆、电脑键盘、各种遥控器、手机、钥匙,包括孩子的学习桌、玩具和书本,都没有放过。任何一块有可能被病毒袭击的地方,我都进行了消毒,不如此,难以心安。

立在窗户前看外面,整个小区很是冷清,看不到几个人,也听不到喧哗。但从夜间的窗户灯光来看,小区里留守武汉的居民还是挺多的。以前过年在楼下看各个楼上的灯,寥寥无几,但今年,几乎每幢楼每户人家的窗户都有灯光。但这么多人的小区,却能统一做到悄无声息。疫情的威力真是不小,人们对生命的重视程度也很高，毕竟生命是最宝贵的。

大年初二，武汉天阴欲雨。疫情数字仍是高居不下。孩子睡了午觉有点起床气，遂想带他出去。这应该是封城四天来，我第一次打开防盗门，跟孩子出大门。一出门便闻到一股浓浓消毒水的味道，地面略带湿意，干干净净的。定是刚消毒不久。想到电梯也是一个密闭空间，我与孩子特意走的楼道，楼道也被消过毒。这种味道若在平日里闻，定会觉得刺鼻，但现在闻，却令内心安定。出了单元门，三个垃圾桶摆放整齐，里面没有积存太多垃圾。有些许感动，疫区的日常生活依然井然有序。小区物业的工作人员冒着生命危险在维护小区的卫生环境。想到一句滥俗了的话，这世上哪有什么岁月静好，不过是有人在替你负重前行。小区里这些默默无闻的清洁工，他们在某种意义上成了这个城市的英雄。

几天不出门，对于熟悉的小区环境，孩子也感到兴奋，不停地追赶一群在地上找食的麻雀。看到它们被惊飞，他哈哈大笑。我阻止他，不可这样，小鸟现在跟我们一样也在受难，它吃饭，不可打扰。但孩子不听，依然要去惊飞它们。这自然是孩子的天性，他没有恶意。但我希望他能早点明白，这个地球上的所有生命物种，都应该享有生命的权利，不能随意扼杀，也不可随意打扰。人类与其他生命物种应该彼此尊重。

病毒仍然凶猛，一天新增病例达千人。坐在家里，隔着手机屏幕也能感知它的猖獗。实在不敢再出门。

大人们各自都有事情做，只可怜孩子每天被关在家里。我做家务时，只能打开电视给他看。因琐事太多，孩子有时处于无管无收状态。爱人有时出来搭把手，我又担心活性炭口罩功能不强，也不敢让他与孩子多接触。孩子时常感到百无聊赖。这些天为了让他听话，讲卫生，我给他灌输了不少病毒知识，估计他也感到了害怕，好几次问我，妈妈，我们会不会死？我起先是觉得好笑，但很快就感到莫名悲伤。我说，我们不会死的，我们都会长命百岁。

今天一大早被小区的大喇叭吵醒。照例是刷手机看疫情，传说中的拐点并没有出现。情势依然严峻，各地也都加大了严防死守的力度。

早餐依然是红薯红枣稀饭和煮鸡蛋，既便宜又有营养。

看手机，单位工作群里突然几十条信息，是要求各人上报近期有无与武汉人接触及身体状况。南昌已经迅速发展多例，有几个小区被要求隔离。同事们也对疫情很重视。所幸我是1月10日去单位开过例会后，至武汉疫情暴发就没有再去过南昌，如今已过了两周的潜伏期，同事都安然无恙，我基本能证"清白"了。

爱人与他那位同事联系得知同事去了医院，通过CT，发现肺部有病灶，但具体是不是新型冠状病毒肺炎，还需三天后才能知道。这当然不是一个好消息。我觉得不用等到三天后了，单凭他的症状和胸片，已经是高度疑似。爱人也紧张起来，因为他立刻成了不受我待见的"重点嫌疑人"。

在这场人类与病毒的战役中,我不知道前方等着我的是什么样的结局,但此刻,我会全力以赴,积极面对。但愿武汉疫情早日解除,但愿我们都百毒不侵。

愿这样的日子不会再来

朱朝敏

1

1月20日,我和老公冒险驱车去了省考院一趟。武汉那天天气阴沉,路上车水马龙,却有些诡异。不少行人戴了口罩,来去匆忙,偶尔碰到的眼神充满了冷漠和警惕。考院没人,原本准备吃完中饭再返回,却毫无心情,于是马上离开。此时,上高速的路段全是车辆,导航将我们导出城区好远,上了青郑高速,再绕到去宜昌的高速上。高速路段也是堵车,离开武汉的车辆太多,平常只要三小时的车程,这个下午花了五小时。后悔和恐惧一直包围我们,一路几乎无话。

到了枝江,我们径直去药店。买了消毒水喷,再测量体温,还正常。买了些抗菌药品和口罩。药店里的工作人员正在谈论新型冠状病毒。他们在交流被感染人员的消息——熟人或者听说的陌生人,两三个,均是武汉人。我顿时预感,武汉会封城。两天后,武汉宣布封城。

  腊月二十九上午,我们收到远在康考迪亚大学读书的女儿网购的N95口罩,戴上,晚上回到老公老家顾家店,跟公婆宣讲新型冠状病毒的传染性,要求老人不出门不要走亲戚。老人却说,正月初四,她娘家有个老亲家里过事,已经请了她,她肯定会去的。我们都不同意,老人很生气。老公劝说,新型冠状病毒只要有机会就传染人,怎么传染?说话飞出的唾沫就会传染。老人摆手说,我不懂,我们这里没有这些稀奇病。愠怒中,老人的老亲来了电话,告知取消正月初四的过事计划。我们松了一口气。傍晚,老公的侄儿子和侄媳妇来了,戴着口罩,匆忙问候下,便离开。令人吃惊的是,姑姐的女儿女婿前几天从武汉回来了,昨天准备回女婿的老家河南,但是,路被封。两个年轻人带着两岁的孩子只好在深夜返回枝江市顾家店长岭岗村。一回村,就被"请"到了村委会测量体温,还好,正常,小夫妻俩答应,在老家马上居家隔离。

  腊月三十这天,雨水淋漓。深冬农村的雨天,冷寒,一层浓重的雾霭穿透眼帘,钻心入肺,让人难受。消息传来,枝江市已经确诊两例病人,而宜昌死亡一例,已经封城。我和老公决定，吃完团年饭马上赶回城区。一是，我有些咳嗽，需要马上去中心医院发热门诊检查。二是，我们还要陪我的爸妈团年（他们住在城区），然后，过长江到百里洲给过世的亲人送灯祭拜。三是，我们预感，枝江市封城已经迫在眉睫。

要命的是，顾家店那一带在修路，主干道不通，拐的小路，加上雨水淋漓，平常不到两小时的道路，我们走了三小时。赶回城区，已是下午一点多。先去医院看病，再与父母吃团年饭。

枝江市中心医院设置了两个发热门诊。一个针对来自武汉或者接触了武汉人的，一个针对尚无接触武汉人却有症状的。我属于前一个，挂号，再拿检查号，45号。检查室里外都是人。大家都戴着口罩，医生和护士穿着防护服。漫长的等待中，我终于被叫号。走进里面的问诊室。前一个还在问诊中。她介绍自己年逾五十，在武汉带孙子，刚返回，前两天还只是咳嗽，但今天早上发烧，咳嗽时胸闷。医生一边询问一边在电脑上敲字。戴了两层手套，敲字很慢，敲一会儿，松下手套再敲。询问，咳嗽是否有痰水？答，无。询问，体温多少？答，三十七度九。询问，咳嗽多长时间了，胸闷有多长时间？答，咳嗽有两天半，胸闷从今天早上开始的。医生"哦"了一下。那位妇女着急了，问医生她是否被感染了新型冠状病毒。医生回答，说不准，马上去检查，先验血再拍片，再看结果。此时,一名医务工作者提着一袋外卖进来,喊道:快吃饭,都这个时候了,还不吃午饭,怎么行?说着,提着外卖走进里面的套间。一阵饭菜香袭来。催促声再次响起,先吃饭吧,知道你们在争分夺秒,害怕浪费防护服,但是补充下能量,干劲会更大。问诊的医生"嗯"了一声,回答,问完这个……他指指我。我上前坐下,述说症状,不发烧,偶尔咳嗽。医生答,回去居家观察。我问,就这?医生点头。我又问,需要与家人隔离吗?答,可以。

团年饭吃不成了。二老也理解,嘱咐我赶快回家休息,有发烧症状必须去医院再次检查。

我们开车沿着江边行驶,不自觉地来到了轮渡码头。唯一一个留存的渡口。这个码头将在晚上十二点钟之前封渡。天色暗淡,冷风凄厉。长江那边的孤岛闪烁隐约的灯火,萤火虫似的在漫长的江水线上爬行。终于,萤火虫越来越多,它们挤压在黑漆漆的孤岛建筑物和大地上,照亮那些被暂时囚禁的灵魂,也照亮那些回归大地的亡灵。

晚上,我们不看电视,刷手机,所有信息都在手机屏幕上。被封城的武汉成为我们的牵挂,那里有我们的亲朋师友。这个晚上,城区乡村的大小路都被封掉,所有回村过年的,必须到村委会登记,再到村卫生室测量体温,然后居家隔离。村委会发出正式通告,不准走门串户,不要走亲戚,禁止聚会,禁止宴请过事。百里洲所有渡口被封。

2

正月初一。我的咳嗽没有缓解,自我感觉是感冒。吃阿莫西林,还吃了阿奇霉素。

老公还好,一切正常,但我们开始非正式隔离。他在一楼,我在二楼。他负责做饭。我负责清洗衣物并消毒。老公被单位叫去开会,关于防控新型冠状病毒的会议,他作为单位的一把手,必须去。他的业务是开发教育技术装备,单位都是技术人员,都在家休年假。疫情下,自我保护和家人保护还是最重要。他戴了两层口罩,身披一件长风衣,喷了消毒水,戴上泳镜去开会。回家后,换了衣服,将外套放在二楼卫生间,我用开水烫洗。

我在家修改新完成的一个中篇小说,做瑜伽再刷手机。武汉疫情加剧,新增病例翻倍,死亡人数也不少。枝江发热问诊的有418例,确诊两例。数目吓人。不过,武汉交通已经实行限制,各省的救援到位,部队的救援也到位了,两个隔离医院火神山和雷神山已经动工。

那么,我们这个县城也要实行交通管制了,明天或者今天晚上封车?必须上超市一趟,准备充足的蔬菜等食物。还有盐——我想起,当天从武汉返回的晚上,我用盐水漱口,不小心把盐罐子打碎,浪费了许多。

下午去超市。我们还是戴两层口罩，外面罩一件大风衣，颇有侠客风。超市里人满为患。蔬菜没有了。看来，大家的防范意识并不弱。工作人员交代，要买蔬菜的，明天上午十点钟以前来。买了几根莴苣，还买了豇豆和茄子，又拿了一袋子大蒜——大蒜杀毒，多吃大蒜应该没有坏处。菜价略微上涨，在可以接受的范围内。

晚上，老公接到侄子的电话。他们小两口被隔在老家了，很不方便，问他这个叔叔能否想办法把他们弄出去。老公一口回绝。侄儿很不理解，认为叔叔绝情，理由是，他们俩身体都健康，不是病人，就是返回宜昌等着上班，却被叔叔拒绝，何苦？老公解释，不是我绝情，而是我没有办法，村里的大小路都封了，我的车到不了，即使按照你告知的小路偷着跑来，也是增加麻烦，因为我本人也在半隔离状态。侄儿"唉"一声，结束了通话。至于姑姐的女儿一家，倒是安心接受了现实，窝在老家进行居家隔离。

老公手机微信有他老家长岭岗村的村民群。从群中得知，村里卫生室被命名为新型冠状病毒感染检查室，已经接待前来检查的人员64名，送去镇卫生院的有9名。村委会干部每天要到各个农户宣传防疫知识，劝告村民不要走动不要聚会，禁止操办红白事。

睡觉时，我发现，连日吃了几颗阿莫西林，咳嗽好了许多，打算停止用药。

3

正月初二。七点钟醒来,想到村上春树的一句话——谈论他未来的生活状态时说的,每天早睡早起地生活,确实地运动,做某种节制,吃对的食物。没错,有些欲望打开了切口便是罪孽,不仅要节制还需切割。

起床。先是简单地做了瑜伽,然后打开窗户通风。这天天气阴沉,气温三点五摄氏度。敞开的窗户下,房间冷风飕飕。但这个环节不能少。老公也起床,正在一楼准备早餐,面条加汤圆,另外,他准备了一碟醋泡大蒜。

跟女儿视频,十九岁的女儿突然长大了,三番五次宣传防疫知识,要我们提高认识,还要我们监督爷爷奶奶不要串门,外出一定戴口罩,回家一定要洗手消毒。接着,她给我们发来较全面的防疫图,叮嘱我们认真学习。

刷手机。武汉疫情加剧,宜昌确诊的病例突破四十人,死亡一人,枝江市确诊三例,暂无死亡病例。火神山建设的视频带来热火朝天的夏天气息,而雷神山计划3万平方米1300张床位,12天内交付。一种快感——仿佛病毒已全部被杀死的感觉弥漫心胸。

本地继续发通告,一个中心,表示要坚决打赢这场战争。

中午接到单位的通知,明天所有公务员上班。市里新型冠状病毒感染的肺炎疫情防控工作指挥部发出紧急通告,要求市直单位即日起取消休假,到创城创卫责任区开展疫情防控宣传工作。我的咳嗽似乎好了,也就没有请假。

下午准备巩固下有所缓解的咳嗽症状,发现阿莫西林只剩下两颗,决定出去买药。本地最大的药房,口罩脱销,阿莫西林有,但是预防呼吸道和肺部感染的药几乎没有。连续去了几家药店,情况一样。药店员工感叹小地方的难处,阿比多尔、奥司他韦,甚至较普遍的泰诺,都没有。

返回路上,全市正在封路,各个路口亮起红灯,铁栅栏围住路口,警察举着喇叭宣讲政策,要求私家车不要随意流动,即刻起开始封路。我们不断改变方向寻找回家的路。有趣的是,每到一个路口,正赶上警察来封路,他们的行动高效及时。终于绕到后面一条路,找到一个还没封掉的路口,驱车回家。

老公说了一件事。在他的高中同学群里,他的一个医生同学说他在家隔离,他正是给一名被确诊的新型冠状病毒感染的患者治疗的医生。目前,那位患者正在医院治疗。医生同学在群里劝告同学们要加强自我防范,出门戴口罩,尽量不出门,有症状及时就医。他还提炼出口诀:勤洗手,常开窗;戴口罩,把毒挡;少聚会,不彷徨;缓出行,当舒畅;病魔来,我刚强;遇不适,上医堂;粗淡饭,保安康;多运动,免疫强;破困局,勇担当。尤其强调:后几天会是病毒暴发期,同学们一定要提高警惕加强防范……

苦口婆心，也是职业习惯使然。我心中萌生采访的愿望。

回家后，我打电话询问情况。同学医生简单介绍，病人开始以为是感冒，有咳嗽发烧症状，验血和CT拍片后，确诊感染，目前在市人民医院隔离救治。其他信息，他拒绝提供，说是要尊重病人的隐私。我理解。

4

正月初三。早上上班，路上遇到同事，两人点头问候，前后保持一定距离，八点准时到达大院。保安拦住我们，举着测温枪对着同事额头测量体温，放我们进了大院。

除了几个在乡下过年的，其他同事均到了单位。一番准备后，拿宣传单去双创区。此时八点二十。

双创区是一条街道，街道朝里是丰坪二巷。巷道两边都是民房。巷道静悄悄的，没有行人，也无车辆。商铺餐馆紧闭，住户人家也是——他们还在睡梦中吧。遇上这样的特殊时期，大门紧闭也正常，响应国家防疫的号召。我们不好意思敲门。随即，我们分了任务，在建筑物上张贴宣传单，再将宣传单从私房大门下塞进去。

忙到近十点钟，发现国务院发出延长春节假期的通知。鉴于实情，单位马上安排值班，排出值班表，任务就是在双创区当好防疫宣传员，我在正月初七值班。

回家。午餐。

下午，父母来了电话。问我咳嗽好些没有，又问我是否发烧，并叮嘱，如果发烧，一定要去医院检查。我不发烧，就是喉咙不舒服，虽然在吃阿莫西林，但中途断了一天，现在又在咳嗽。父母七十好几了，父亲还有冠心病，母亲有高血压糖尿病，他们每天都有散步的习惯，这两天就戴着口罩在小区院子里溜达。父亲是医生，他有防护意识。母亲忧心忡忡地对我说，他们小区住的多是老人，看见好几个老人下楼到外面去，都不戴口罩，好危险。我说，现在市里宣传很到位，马上就有人来做工作劝他们戴口罩的。

5

正月初四。太阳唤醒了我。早春的太阳穿过窗户玻璃，扑亮眼睛，我穿衣起床。珍贵的阳光。我想看看它，想描绘它的细节。

鲜嫩的鸡蛋黄。羞涩。骑在一层山峦似的云彩上。君王巡游。接着，我听见了鸟鸣，还有鸟儿振翅的细碎声。女儿发来一段话，引自加缪的《鼠疫》：

> 同鼠疫做斗争，唯一的方式就是诚挚。

诚挚是指什么呢？

我不知道诚挚通常指什么，但是就我的情况而言，我知道诚挚就是做好本职工作。

这段话以前我读过，但是现在来读，竟有醍醐灌顶之感。正如眼前的太阳和鸟鸣，曾经微不足道，而今却是珍贵无比。

刷手机。枝江确诊四例。宜昌新增20例，总数达到51例，疑似病例93例，其中枝江17例。宜昌公布疫情防控心理咨询热线电话，以缓解市民心理压力和焦虑情绪。好消息是，湖北省已经治愈出院47例。看对这些被治愈患者的采访，得出一个结论：这病能治好，要积极治疗、均衡膳食、充足睡眠、强大信念，病魔就会被战胜。

是的，诚挚对待，做好本职工作。病人积极看病，市民遵守疫情期的相关规定，政府部门做好调控指挥……都是这场战争的有力武器。

晚上收到单位通知，从明天至正月初八，当地疫情防控指挥部要求每个单位在包保责任区开展全天候值守，从上午八点半到晚上六点，宣传市里疫情防控相关规定。我有两次，分别在正月初五下午四点半至六点和正月初七十二点半至十四点半。

睡觉前看钟南山的访谈视频。他满眼含泪，回答"病例还会不会大规模增加"的提问，给我们服下一颗定心丸，最后他说，武汉历来就是一个英雄的城市，有大家的支持，武汉肯定能过关。说完，他嘴唇紧抿，脸颊颤抖，泪花闪烁。我顿时泪崩。

补记，看疫情通告，又有改变：截至1月28日24时，湖北省累计报告新型冠状病毒肺炎确诊病例3554例，宜昌达63例。

6

正月初五。又是大晴天，太阳温暖，鸟鸣啾啾。打开窗户看太阳，想起杜甫的诗句"早霞随类影，寒水各依痕。易下杨朱泪，难招楚客魂"。

不由得痴痴地发了一会儿呆。

咳嗽好转。宜昌市卫健委关于全市新型冠状病毒感染的肺炎疫情通报中，昨天一天，宜昌市新增确诊的病例12例，其中枝江新增1例。枝江确诊的患者累计数目达到5例，疑似病例19例。

小区里，从昨天中午开始，社区人员拿着喇叭宣传疫情防控，是录好的一段语音，典型的枝江普通话，咬字特重，似乎意在强调。喇叭在小区周围来来回回，反复播放。

早餐后看书，仍旧毫无心情，只有刷手机。关于疫情情况，仍是手机微信和微博的全部内容。它构成了春节的日常，等同于吃喝拉撒，我摆脱不了。

同事们发来消息，各自居住的生活小区均采取了封闭式管理，切断了通道口，要求居民待在家里，居民有特殊情况要出行的，必须出示市镇两级指挥部办理的通行证方可出行。他们着急，因为这几天的疫情防控值守任务。我所居住的小区，属于民居形式，有七八个巷子，四通八达，暂时还没有封闭，但最迟不过明天吧。

喇叭暂时停止。我所在的小区又有人出来，聚在一起，老人和小孩，连口罩都没戴，他们不停地吆喝"晒太阳晒太阳"。久违的太阳，谁都渴望，只是……很快，他们撤离。

下午四点半参加值守。五点钟时，来了一辆救护车。那块区域的一栋楼上一家三口人全都发热。他们上了救护车，救护车在空荡荡的街道，仿佛消音一般，闪烁红灯离去。我站了好一会儿，没有动。整个街道，空荡寂寞，我吊着肩膀来回走，数着脚下的方砖，来回走来回数，总是数不清。

晚上，收到微信约稿，关于封城的日常生活记录，要求明天交给他。幸好，我记录了，琐碎，流水账一般，不知有无意义。但这不在我的考虑之列，我记录，是因为这样的日子不会再来，而它的确到来过，并深刻地改变了我们的生活。

两个人的团年饭

刘红霞

大年三十的团年饭开餐了——充满期待的大年三十,充满期待的团年饭。与期待中的团年饭有些不一样,本该是一家十六口的欢乐大团圆,此刻只有我和对面坐着的老父亲。

餐桌上六道菜,对两个人而言可谓丰盛。过年嘛,平常不怎么喝酒的父亲端着酒杯,我以饮料代酒,两人举杯互祝过年好。是呀,团年饭开吃,春节便开锣登场了。我敬他一杯,大声祝福他健康长寿,他也祝福我万事如意。我俩的认真劲儿有满满的仪式感,如同年年三十的团年饭一样,尽管只有我们俩。

心照不宣地谈论美食。父亲曾经是招待所、宾馆领导,品菜试吃当然拥有发言权。我让父亲对我做的六道菜逐一给个评价,大过年的,父亲当然全赶好话说,我权且真信了,乐呵呵地给父亲敬菜，努力将两个人的团年饭吃出年的气氛，可是，我在他的笑容里读到了些许失落，也在自己的笑声里隐藏了几分无奈。原本准备一个桌上团圆的一家十六口今天偏偏要分散在八处吃团年饭，这种状况当然还要维持到年后。

有些意外，有些错愕。但一个一个的决定果断又理性：退年饭，不聚集不流通，所有人就地隔离。就在几天前也没想到怎么就有这样一餐团年饭，怎么面对接下来要过的绝无仅有的整个春节！

这样的大年三十当然不是父亲所期望的。在我们这个崇尚传统的家庭，从我记事起除夕的团年饭必须是大家庭的大团圆。没有极特殊的情况，团年饭谁也不能缺席。就算在年幼家境窘迫时我们家的年饭也没马虎过，寓意"八方来财"的八道凉菜和被母亲称为"月月红"的十二道热菜必不可少，凉碟热菜大钵小盘一直摆到桌子装不下了还要摞起来放，那可是我对年饭最深刻的记忆。可是今天，不亲自操刀"八方来财""月月红"也罢了，连两个月前在不同的酒店订好的三十到大年初三大团圆年饭也全部取消。大团圆不见了，团年饭也不成席了，父亲准备多时的压岁包发不出去了，儿孙绕膝成了奢望。

"事出有因"父亲是知道的，这几天他一直盯着电视新闻，我也注意到他好几次都问到新冠肺炎症状及杀伤力，不过硬说这个新冠肺炎厉害到连自己家里人在一起吃个团年饭都不行，我看父亲是不太愿意相信的。疫情发展的严峻程度是坐在家里靠电视接收信息的父亲无法想象的，很多事也无法跟他讲。既要让他知道事情的严重性又不至于引起他的恐慌，我得小心筛选过滤自己有限的信息，再有意无意间透露给他，但愿能平安、平静地度过这个与世隔绝的春节。

新冠肺炎肆虐武汉让人措手不及，惊慌之中，再到微信上与熟悉的朋友打招呼时才发现，现实的朋友中好几个或自己或家人有的确诊有的疑似感染（朋友大多在汉口，重疫区），而且和他们情况类似的大有人在。

现在我也无法淡定了，不断反省自己的疏忽。这段时间上下班每天贯穿重灾区还是没戴口罩。接触到了多少病毒环境？会不会感染了病毒？会不会已染疾在身处在潜伏期？每一种可能都不敢深想。

心中焦虑着、恐慌着，还要装着若无其事地与老父亲谈笑。茫然不知所措时又传来武汉要封城的消息。封城？又有许多人闻风而逃，突然有一种被抛弃的失落。我感觉别无选择，还是蜷缩在自己的角落里比较心安，宁愿就这么守着瞬间成了时空黑洞的武汉，化身深埋在黑洞中的蝼蚁，在黑暗中静观洞外的慌乱。默念着不破不立，祈祷乱象之后，曙光重现。

疫情还在蔓延，我已无心看朋友圈或电视新闻，外地朋友的关心问候应接不暇，现实的情况我自己都不知道怎么判断，也没心情与他们交流。

既定,当一己之力单薄到无法改变什么,我所能做的也许就是不给别人忙中添乱。那么,回头开始关怀自己,难道是疑心生暗鬼?此刻有点气短,似乎在提示加深呼吸吐长气有日子了,想起前些天忙碌时没在意的来了又去了的浑身肌肉酸痛,还有这些天喉咙嗓子时隐时现的不舒服等,起了到医院看看的念头又立即被自己否决,赶这热闹没病也必定会染上,还是自求多福吧。听说新冠肺炎的潜伏期是7天至14天,一边准备过年一边默数着时日,时间到了,一切就都过去了吧。

封城后的武汉格外宁静,上网、看电视有意避开过多的新冠肺炎消息后,心境也舒缓了许多,我需要这样的平静。

与父亲吃过团年饭,这会儿在等候春晚,我发了一条微信朋友圈:

> 两个人的年拉开序幕,在新冠肺炎阴霾笼罩下的武汉静静地安好便是福!来自多方多途径的信息总是疫情危急,不妙到让人抓狂;来自远方的问候近处的关切从感动到麻木再到情怯,轮番狂轰滥炸之下,竟然感觉让人透不过气的不是新冠肺炎,令人崩溃的怎么会是至爱亲朋的爱!下意识屏蔽有关新冠肺炎的朋友圈和电视新闻,这样的除旧迎新前所未有,隔着一桌热腾腾的美味佳肴,老父亲与我对坐。原本是四世

同堂的热闹春节，现在独与我对坐，这样的春节，在他九十年的人生中恐怕也绝无仅有。静静，静静地在历史性的封城里见证武汉度过2020年这场劫。朋友们过年好！

发这条微信朋友圈的时候我特地显示了定位武汉市。这里面的五味杂陈没有经历过的人不会知，一同经历着的武汉人一定懂。

其实这几天的确过得有些煎熬，很多事要瞒着老父亲或瞒着不在一起的亲人。诸如医疗一线的侄女因接触疑似病例一直被医学隔离观察，父亲前些时打喷嚏近些时咯痰了或者情绪急躁了哪里不舒服了，还有我自己的种种疑心生暗鬼的不踏实，非常时期时间突然变缓了节奏，每日的忙忙碌碌一下子变得只剩下吃饭睡觉数日子，那就数好自己的日子吧。

起身到厨房煮了冰糖梨汁汤，父亲和我每人一碗。这几天我们俩都在喝，自己心里明白这汤是陪父亲喝的，偶尔打个喷嚏都要给我解释半天的父亲太敏感，我喝是为了他不生疑。当初我是以直接吃梨太凉，煮热了吃的借口开始煮冰糖梨汁汤的（好在年前准备了一箱香梨，家里没雪梨就用香梨了）。也许父亲是知道我用心的，他配合着只是没有说破。但父亲一定不知道，每晚他进自己的房间后，我自己还要煮一碗红糖葱姜汤喝（还是庆幸为过年备了足够的姜葱），没敢告诉父亲我的咽喉一直不舒服，我偶尔呛咳一下他都会紧张，每次我都搪塞他是在清嗓子他才放心。红糖见底了，明天开始只能喝无糖的葱姜汤了。

　　所谓的坚强，都是柔软生的茧。此时除夕，明天又是新希望。

大武汉，会在爱中痊愈

方　苑

将每一寸光阴里蕴含着的辛苦与甘甜，从回归故里的团年饭上掰开来，揉碎渗入世俗的幸福时光，是我骨髓里期盼并策划了很久的事。可毫无预兆的，平地突然蹿起的新型冠状病毒，犹如红色炸弹，来得又快又急，声势浩大，一股压倒年味的未知，汹涌而起。

武汉，在即将迈入庚子年门槛时，却一下成为风暴中心，我回乡的愿望一下被抛在了风口浪尖。

很难组织好言语来形容，这场从天而降的疫情，扰乱了我的全盘计划。1月21日在女儿被家人接走后，我便清理了冰箱，把所有新鲜蔬菜、水果，都送给了关照我的邻居；1月22日发布23日的交通封城通告，像是对我的当头棒喝。

我是该请半天假，立即离开武汉回到老家红安，还是坚守武汉,独守今年的除夕?

身边同事纷纷在退早就预订好了的春节旅游机票、火车票,我当机立断拒绝家人开车来汉迎接,成为900万留守大军中的一员。

现在是时候展示我独处的力量和能力了!勇敢面对一个人的新年,也是自我治疗或冥想的美好时间,想象大病初愈后的武汉,带着玫瑰般的光环在地平线等着我,便把恐惧丢在了门口。

随遇而安是最潇洒的,它会让所有烦心事一一走开。虽说对这场疫情,我没有充分的准备,但果断做出留守的决定后,心情一下子平静了。与其让孤独不断发酵,遇事就慌,害怕就躲,不如用这些胡思乱想瞎操心的工夫,来做一件有意义的事。比如,让自己学会珍惜那些看起来平淡的幸福时刻,与生活讲和,与自己和解,离开过去对自己的牵绊,清除生活中的过去和旧包袱,抛弃已经过期的东西,让自己经历一次人生的淘汰换新,避开黑暗的小巷,让灵感自行流动;或是去寻找一个新的、赋予我力量的锻炼方案;还可以把自己关在房间里面,简化生活,优化时间,记录自己奇特的经历,等到所有事情都做完之后,疫情也刚好退却,再去接触外面的世界,为更好的事情到来打开空间。

向着心里的这些光束,站起来,向不甘告别,找一件喜欢的事去坚持,挖掘出旧的烦恼,让内心更好地成为自己的避难所，去度过这个平静而自在的鼠年。

理顺内心，正向思考有助随遇而安，享受雨中宁静，不会一有风吹草动就改变自己的心境；独自冥想，散发出炙热的生命力；不带自我怀疑和惊慌失措的独处，就好像血液里带着风，拥有天使羽翼罩着。当然，之所以能这样笃定，最重要的是我知道，我不是一个人在战斗，微信里总有一股无形的能量引导着我，使我的灵魂上升到新的高度——

新型冠状病毒肺炎疫情暴发后，84岁的呼吸病学专家钟南山连夜奔赴武汉，临危受命出任国家卫健委高级别专家组组长；1月23日，南方医院请战书上鲜红的手印，像一支支烛光——没有什么比烛光更好的了，它是生命和重生的象征，它正在温暖武汉最寒冷的夜晚，照亮武汉最黑暗的空间。

一群群充满激情的新火焰，很快会点燃武汉：在万家团圆的时刻，海军军医大学150人的医疗队，抓住烛光那道"重生"的光亮，除夕之夜从上海出发，逆行支援湖北；陕西西安空军军医大学西京医院、唐都医院95名医护人员从西安出发支援武汉；解放军三支医疗队450人分别从上海、重庆、西安三地乘坐军用飞机，于24日晚抵达武汉，开展救治工作；广东128人的医疗队1小时集结完毕，于25日来到武汉；四川省人民医院发布号召医护人员前往武汉支援的通知传达不到20分钟，医护人员主动报名，很快满员；26日，哈医大一院59人的医疗队立下请战书奔赴武汉；同天下午，由北京医院、北京协和医院、中日友好医院、北大医院、北京大学人民医院、北医三院这六家医院组建的超强阵容医疗队出征武汉；河南137名医护人员抵达武汉；重庆144人医疗队出发，支援湖北孝感……

我的城虽然正遭受着疫情狂风暴雨的袭击，但我已看到了华丽的光束，使这场战斗火力越来越足。这些怀揣着爱的白衣天使，靠着强大的实力和意志力，一定能成功拿下疫情碉堡——这些重要光源，使我在独处里，依旧能见证一些奇迹时刻的发生。

灵魂与八方爱心的结集同起，鼓励我在自我保护的孤寂里，修复最后几块恐惧的碎片。

这场阻止疫情蔓延的隔离，恰好是中华大地浓情与爱意的汇集：武汉免费心理热线持续开通；武汉85家酒店免费为医护人员提供休息之处；63箱20万副N95口罩从广西发往武汉；81套德国进口的呼吸体外循环系统抵达上海口岸后，进口企业想方设法发往武汉市金银潭医院；17年前曾任小汤山非典医院院长的中国医师协会名誉会长张雁灵，大年初一急赴武汉协助火神山医院的建设工作；中石化捐赠的200号消毒剂于1月24日凌晨抵达武汉；23日商务部统筹协调安徽、江西、河南、湖南、重庆等地商务主管部门及口罩生产企业，协调落实口罩200多万只；人福医药向武汉捐赠价值数万元的呼吸机和药品；25日下午，工信部调用防护服1.4万件，医用手套11万双，为武汉落实各类口罩货源300万个，落实防护服货源10万件，落实护目镜2180副；帮助武汉对接了84消毒液、二氧化氯泡腾片等消杀用品和正压式送风系统，以及手持式红外线测温仪等急需物资；中国医院集团湖北分公司仅向武汉地区提供的防护服就达5万余件，N95口罩36万件，医用鞋套20余万件，各种医药物资290万盒；武清药企首批200万元试剂盒飞援武汉；华大基因向武汉捐赠1万人份新型冠状病毒检测试剂盒；阿里巴巴设10亿元专项代给基金驰援武汉；江苏全省开通367个高速公路应急防疫绿色通道，准备客货车1560辆，26日从金湖运输3万箱84消毒液送往武汉；京东物流、德邦快递、顺丰速运、中国邮政等10家快递企业，免费运输全国各地驰援武汉的救援物资；26日零时起，武汉所有医院发热门诊24小时接诊……城，可封，但钟子期与伯牙的高山流水，谁能隔离？

在寂静沉思的背后，总有一些瞬间会让我热泪盈眶，谢谢你为我拼过命，谢谢你为武汉拼过命。虽然我不知道你是谁，但我知道，怀揣着爱，是你们共同的特征。

各方带来积极的能量，让我"电量满格"。像叶子告别树木，过季的情感需要时间整理，风也好雨也好，到此为止，一切的不安已经结束。空出新的位置，留待幸福进驻。

我的武汉，万人空巷时，你盛满的是热情；我的武汉，你生病了，汇聚而来的，是全国人民的爱；我的武汉，你没有理由不好起来。

2020年，开启了我们灵魂的推动，将压力注入血管，让朴素与简单的爱，尽其所能照亮前路，学会敬畏生命，哪怕是野生动物的生命，学会与自然和平共处，从根源改变，由内到外来一次系统升级。排出这场疫情的浊气之后，我们的精神世界会更加澄净，和武汉这座痊愈的城，一同迎向崭新的篇章。

逆风挺立,长沙在行动

纪红建

1. 他的名字既叫湘雅,也叫长沙

13时2分,由昆明开往北京的G404次列车,经停长沙后驰往武汉。

一位个头不高,戴着眼镜和口罩,年近花甲的男子,怀揣着一个装有简单生活用品、换洗衣服和几本感染控制资料的旅行包,踏上了这趟开往武汉的高铁。他头发有些凌乱,甚至衣衫不整,包里更是乱成一团。任务太紧急了,他甚至来不及跟同为医生的夫人李凤云打声招呼。

3车10D,二等座。乍一看,这个座位和座位上的乘客,是何其普通而又平凡哪。而且此时没有人会知道,10年前,他得过心梗,心脏里还放着支架。

踏上这趟高铁前,他用温暖的微笑、坚定的话语,感动了关心他的领导与同事以及深爱着他的家人。他丢下"请祖国放心,请人民放心"的誓言与家书,抛开家人的担忧,头也不回地直奔长沙火车南站。

15时30分左右,当他与武汉方面相关负责人见面时,长沙与武汉,两只温暖的大手紧紧地久久地握在一起。他们甚至没有多少话语,问候、鼓劲与感谢,在眼神里表达得淋漓尽致。此刻,湘江与汉江正在奋勇奔腾,向着母亲河的胸怀,向着大海的辽阔,向着温情与博爱。

这名男子叫吴安华,湘雅医院感染控制中心主任,国家卫健委医院感染管理预防与控制专家组成员。

这一天是2020年1月21日,腊月二十七。

大家都知道,此时的武汉,此时的中国,正在发生什么:新型冠状病毒已经开始肆虐,它们在威胁人们的健康,甚至生命。

吴安华挺身而出,毅然奔赴抗击新型冠状病毒肺炎疫情一线。

此时,他的名字既叫湘雅,也叫长沙。

2. 年轻"最美逆行者"的担当

长沙与武汉,湘楚文脉相连,是一衣带水的好邻居、好兄弟。3500年前，商朝于武汉建方国宫城；约2400年前，楚国于长沙建城。数千年来，兄弟俩一直坚定地守望与惦念，不论岁月沧桑，不论风吹雨打，从未动摇，从未间断。他们既携手前行，又相互竞争，奋进在历史的长河中。

几千年过去，长沙成为湖南省省会，是长江中游地区重要的中心城市，全国"两型社会"综合配套改革试验区，中国重要粮食生产基地，综合交通枢纽；而武汉，则是湖北省省会，中部地区中心城市，全国重要工业基地、科教基地和综合交通枢纽，长江经济带核心城市，中部崛起战略支点，全面创新改革试验区，全国三大智力密集区之一。

我参加过两届"三江笔会"，对此颇有感受。由武汉、长沙和南昌三地作家共同发起的"三江笔会"，以江命名，以水结缘，更因文学及地缘传统，血脉交融，情谊深厚，在创作上互相学习，互为借鉴，结出了丰硕果实，呈现人文关怀与时代气息江河万里、波涛激流的文学盛况。武汉，有我们互相牵挂的许多师友。

长沙人素有敢为人先的历史传统，长沙精神蕴含着心忧天下的担当精神。古有屈原的求索，贾谊的忧患，近有谭嗣同的家国担当……和平时期，长沙人可以安居乐业、享受人生，而面对灾难，长沙人的那股子血性便会彻底激发。远的不说，1998年的洪灾，2008年的冰灾，2017年的洪灾，长沙都如勇士般存在。

而现在,像吴安华一样沿湘江北上的,成群结队。

他们,被誉为"最美逆行者"。

1月25日,大年初一,湖南137名医务人员在长沙登上列车,直奔湖北黄冈,紧急驰援。

1月26日下午,中南大学湘雅医院。

"我愿意!"

"我报名!"

…………

医院发出迅速组建一支由5位护理骨干组成国家医疗队赶往湖北疫区的消息,仅半个小时内,就有21名医护人员志愿请命。有些医护人员当天早上下夜班睡觉醒来,看到紧急信息立即报名,尽管医院在春节期间工作任务繁重,但他们认为疫区情况更紧急,湘雅人义不容辞。

医院从中挑选了5名临床经验丰富的骨干专家,4名女护士、1名男护士,平均年龄30岁左右。他们富有临床重症医学护理经验,并具备疫区紧缺的连续性血液净化专业能力,到达湖北后,将对疫区重症危急患者进行有力救治。

当天晚上,他们启程前往武汉。

26日下午,同样的一幕也出现在中南大学湘雅二医院。

医院需要派5名血透护士支援武汉,这项重任落到了血液净化中心。让护士长周琳特别遗憾的是,她因有7个月的身孕不能前往,但让她欣慰与感动的是,征集信息一发出,大家都迅速报名，他们说："我们现在都没有小孩，身强体壮，随时愿意听从党组织召唤。"

周琳说，这支医疗队由4女1男组成，最大的1987年出生，最小的1996年出生。组长侯亦平1990年出生，父亲去年去世，她与母亲相依为命，虽然母亲身体也不大好，但她义无反顾第一个报名参加。开始她担心母亲不同意，但当她把当前疫情一说，母亲非常支持，只是期盼她平安归来。1992年出生的李婉贞刚领结婚证不久，婚礼还未举办。没有大家哪有小家，她几乎没有思考就发出了报名请求。周琳还说，科室陆续还有很多护士报名，有的孩子不满周岁，有的刚大病痊愈……"我只好跟他们说，武汉需要你们，长沙也需要你们。"

谁说90后年轻人"矫情""玻璃心""吃不了苦""任性"，是精致的利己主义者，只关心自己，不关心公共事务，于社会少有参与的热情？在疫情、危难面前，他们的无所畏惧、奋不顾身，让你看到骨子里的血性。

3. "最美逆行者"岂止医护人员

"谭工，赶紧回公司。"

"好，我马上回。"

1月21日，位于长沙高新区的明康中锦医疗科技发展有限公司已经放假，回到老家的工程师谭丁开接到公司电话，他回答得干脆利索，心中的责任，让他的步伐坚定而急骤。

当天他立即赶到公司，第二天就带上设备奔赴武汉。

明康中锦作为国内少数可以生产无创呼吸机和经鼻高流量产品的企业，疫情来临，立即决定加班加点为武汉疫区感染住院患者提供优质治疗设备。要求到医院现场安装数百台呼吸机。

"安装设备的时候，看到当地医院的紧张情况，自己也是第一次碰到，说不紧张是假的。"谭丁开告诉我说，目前，他们公司所有运到武汉的设备已在各家医院安装完毕。他们已把注意力盯在了正在紧张施工的火神山医院和雷神山医院，一旦有需要，他们保证设备按时到位。

他还告诉我，为了保证疫区需求，明康中锦所有员工已经到岗，全面恢复了生产，他们的春节是在生产线上过的。

位于长沙高新区的圣湘生物，是一家以分子诊断和基因检测技术为核心，集医疗诊断试剂、仪器的研发、生产、销售和技术服务以及第三方医学检验服务为一体的整体解决方案供应商。疫情刚发生时，他们就立即成立疫情防控应急技术攻关小组，并在1月14日快速成功研制出新型冠状病毒核酸检测试剂。1月25日，他们宣布向中国红十字会总会捐赠价值1000余万元的应急物资，支援新型冠状病毒疫情防控。

目前，圣湘生物已启动紧急预案，紧急调配员工积极组织研发生产，所有生产线已满负荷工作，24小时不间断加班加点，保障生产供应和产品质量。

在火神山医院火热繁忙的建设现场，我看到了中联重科人的身影。

他们是除夕那天抵达武汉的，31台挖掘机、起重机、泵车、搅拌车等设备，一路向北，风雨无阻。到达现场时已是晚上，他们仅仅吃了些方便面和包子，就立即参与工地建设中。

建筑面积2.5万平方米，可容纳1000张床位的火神山医院，即将建成交付使用。这里面也抛洒着长沙人的汗水。

4. 一位放射科主管技师的除夕之夜

"谭念！谭念！"

谭念慢慢地睁开眼睛，一位同事站在他跟前。他再环顾一下四周，才意识到自己坐在走廊上靠着墙壁睡着了。

他赶紧走进办公室，吃了一碗泡面，换上新的防护服，继续投入工作。

今年36岁的谭念，是土生土长的长沙人，也是长沙市中医院放射科主管技师。

这一幕发生在除夕之夜。

那天，他早早吃过团圆饭到医院值夜班。走的时候，6岁的儿子翔翔牵着他的手说，爸爸，你要早点回来哟。他匆忙赶到医院，穿上防护服，戴上护目镜，开始值夜班。医院本部和东院已开放发热门诊,放射科也安排了一个X光片室和一个CT室,专门接诊发热病人。为了照顾科室的女同事,他和另外6位男技师包揽了这个任务。由于防护服穿脱很不方便,为了少上厕所,他只在刚接班时喝了几口水。

发热病人陆续前来,谭念一会儿到X光片室做检查,一会儿到CT室做检查,来来回回走动,一直忙到次日1点多。由于连续穿防护服、戴口罩和护目镜工作了好几小时,他觉得有些气闷。趁稍有空隙,他打开诊室门准备去走廊的凳上坐坐,稍微休息透口气,然而,只走了几步,就觉得双腿乏力,靠着墙壁慢慢坐了下来,没想到一下就睡着了。直到十来分钟后,有同事经过,看到他坐在冰凉的地上小憩,才把他叫醒。

"现在是冬季流感流行季,因流感引起发烧、肺炎的患者不少,除夕当天放射科共接诊40多名发热病人,我们必须仔细排查。这是一名医务工作者的本职工作。"谭念告诉我,"我们医院、我们科室有个好传统,罗春主任曾主动申请,援藏一年半,罗远健副主任受伤了,但为了患者打着石膏做手术。他们的精神一直影响着我,更何况在这个特殊的时刻。"

我还了解到,长沙市中医院开辟了预备病房,设立隔离间,收治发热病人,应对随时可能出现的疫情。医护人员全部取消了休假,医院还派出4名医生奔赴长沙火车站等抗疫第一线,为来长旅客检测体温、隔离发热病人,另有370多名医护人员主动报名,随时待命赴武汉开展医疗支援。

5. 在长沙，直面病毒，就是最美逆行者

我关注到，1月21日上午，湖南省委和长沙市委都召开了常委会会议，专题研究部署新型冠状病毒肺炎疫情防控工作，明确了各级定点医院，明确省市120急救中心承担负压转运工作。省市疾控中心更成立了新冠肺炎防控领导小组，制定了应急处置技术方案，随时准备应对可能出现的疫情……

这意味着长沙和湖南疫情防控阻击战全面打响。

你听，星城长沙全是坚决果断的宣誓声。

你听，星城长沙全是奔跑的脚步声。

首先，我们将目光投向长沙市第四医院。

我了解到，疫情发生以来，长沙市第四医院许多医护人员放弃休假以及新春佳节与家人团聚的机会，自愿报名要求奔赴疫情防控前线，退掉高铁票、飞机票，毫无怨言。经院领导研究决定，最后由10名医护人员组成医疗团队，穿上防护服走进医院发热门诊，踏上了逆行的征程。

上前线，意味着冒险，意味着战斗。万家团圆的时刻，4名医生和6名护士坚守在自己的工作岗位上。他们身穿防护衣，手持体温计，认真询病，详细查体。这些看起来有点"臃肿"的人，是这个冬天最美的逆行者。

"作为一名共产党员、一名呼吸科医生，我郑重向党组织

申请,参加抗击新型冠状病毒肺炎疫情的战斗,请组织批准!如国家有需要,我也愿意到相关疫区参加疫情防控救治工作。"呼吸一科副主任医师吴杰说,自从武汉暴发新型冠状病毒肺炎疫情以来,她作为呼吸科医生一直密切关注事态发展,3天前就主动放弃春节放假安排,积极参与备战工作,1月21日便写好请战书,第一个向医院党组织报名到医院发热门诊工作。

紧随其后,近百名医护人员请缨,申请奔赴新型冠状病毒肺炎防控前线。

麻醉手术科护士朱展辉是90后,平时工作认真,对待患者亲切细心。医院紧急成立应急小组,24小时开放发热门诊,她毫不犹豫毅然报名,坚守发热门诊阵地。

"不计生死,不计报酬,抗击病毒,保卫人民健康!"湖南省人民医院马王堆院区影像党支部成员,签下了一张张请愿书。

"儿科报名接龙:1.陈志衡;2.薄涛;3.陈淳媛;4.罗锡英……"这是一份中南大学湘雅三医院儿科报名参加抗击新型冠状病毒肺炎疫情工作志愿者队的名单。医院征集令发布不到20分钟,数十名儿科医护人员报名。

在中南大学湘雅三医院发热门诊,一群白衣天使忙碌着。厚厚的隔离服遮住了他们的脸庞,为了容易分辨,这群可爱的医护人员在衣服背面写上自己的名字,并相互鼓劲:"加油!""好样的!"

请记住他们的名字："肖梦宇，加油！""何微，加油！""陈端倪，好样的！"

……

"每天接触那么多发热病人，我会担心她，但是这个时候医护人员都不能退缩，必须迎上去，这是我们的职责所在。"湘雅医院药学部主管药师刘敏和感染科发热门诊护士刘芬燕原定正月结婚，在疫情面前，他们果断决定推迟婚期，并选择坚守岗位。

"医院很多医务工作者请缨，现在最大的心愿就是我们一起努力，争取抗击疫情成功。那时候我再给芬燕一个最美的婚礼。"刘敏说。

朴实的字眼，让我们感受着温暖和力量。

我还在微信朋友圈里看到了望城区人民医院门诊党支部1月26日写的请战书：

> 尊敬的院党委：新春佳节之际，阖家团圆之时，新型冠状病毒肆虐武汉，蔓延湖北乃至全国，形势日趋严重，需要大量医护人员工作在一线。作为医务工作者、共产党员、入党积极分子，我们深知肩负的责任和使命，防控疫情刻不容缓。我们郑重向医院党委提出请求，申请加入医院组织的抗击新型冠状病毒应急队伍，同时志愿服从医院统一调遣，到疫情防控最

需要的岗位，为赢得抗击病毒战斗的胜利，保卫人民群众的生命健康，贡献自己的一分力量！

请战书上，是一个个鲜红的手印，更是长沙人一颗颗跳动的心。

6. 长沙，寒冬中的暖流

"各位亲朋好友，非常抱歉地通知您：由于新型冠状病毒扩散，我与先生原定于农历正月初六的婚礼延期，后续举办时间将另行通知……"

1月25日，家住芙蓉区的廖女士在朋友圈发布了一条消息，确认推迟精心准备了大半年的婚礼。原本，她与丈夫决定于正月初六举行婚礼。面对严峻的疫情，两人经过考虑，合力劝说父母同意了推迟婚礼。

1月26日正月初二，这天回娘家是长沙人的传统习俗。一大早，家住望城区靖港镇合池村的岳母打来电话，叫我和妻儿不要回去，安心在家待着，等消灭疫情之后再去。

"那不太好吧。"我有些迟疑。岳母说，现在是非常时期，没那么多讲究了。她还告诉我，前两天村上镇上对从武汉回来或有武汉人员接触史都进行了摸底登记。今年村上互相拜年的很少，有的人家大门上张贴着红纸，上面写着："各亲朋好友，当前疫情严重,谢绝登门拜访,欢迎电话拜年。"

……

这样的故事在微信上传递。

湖北潜江的雷先生,1月中旬一家三口外出旅游,26日旅程结束因无法返回老家,只能临时选择飞抵长沙。因没来过长沙,深夜,雷先生一家不知去哪儿找酒店,路中偶遇的酒店也已客满。温度低,他们一家三口在夜里寒风中都有点发抖了。

这一幕,被加班回家的雨花区东山街道高铁新城社区主任黄杰和黎郡社区党支部书记方天明看到。他们赶紧为雷先生一家三口测量体温,进行信息登记,了解其出行轨迹,确认没有状况后,将三位客人送至指定酒店安排好住宿,叮嘱酒店方为其提供生活上的保障。

一切忙完时,已是27日深夜2时。这晚,雷先生一家人感受到了长沙的温暖。

这样的温暖,武汉的屠先生也同样感受到了。

1月25日,他带着家人从外地返回长沙黄花机场,原本担心无处住宿,得知其困境后,开福区政府协调安排其入住指定酒店,让其在食宿上没有后顾之忧。开福区疾控中心迅速安排医护人员对其进行体温监测,暂未发现相关症状。秀峰街道社区卫生服务中心还安排医护人员24小时轮值,进行医学监测,同时给酒店送去消毒物资和防护用品,让屠先生一家安心接受隔离生活。

"从外地回来落地长沙,举目无亲,长沙给我的不是冷遇排斥,而是寒冬中的一股暖流!"屠先生在朋友圈中感激地写道。

这个春节,表面看少了些亲情、友情,但我深深感受到了普通百姓的家国情怀。

7. 我们都是美丽逆行者

其实,此时此刻,所有长沙人都是美丽逆行者。

平时看起来不可思议,或不愿意看到的一幕幕,在此时,却那么美丽而温暖——

重点交通枢纽均设立了临时医疗服务点,在醒目位置通过固定提示牌和电子显示牌向往来乘客发布提醒,要求有发热、咳嗽等不适症状的乘客前往临时医疗点。

长沙所有娱乐演艺场所、网吧停止对外营业,各商业影院暂停营业,长沙市图书馆、湖南省图书馆、湖南省博物馆临时闭馆,麓山景区所有服务项目暂停对外营业……

对前段时间从武汉来长沙的务工人员开展逐人回访:已经返回武汉的人,要求他们暂时不来长沙;准备回湖北的,劝导他们留在长沙过节。各车站进站口、出站口、旅客换乘通道全面加强检查、核查,协助做好发热旅客的排查、转运工作。所有执勤民警、辅警一律配备口罩、洗手液等用品,加强自身防护。

现在是2020年1月28日深夜，我关注到，此时全国累计报告新型冠状病毒肺炎确诊病例4630例，疑似病例6973例，其中湖南确诊143例，长沙24例。

在未来一些天里，这个数字还会如何增长，我不知道。但我知道，中国有句俗语叫"吃一堑，长一智"。17年前非典疫情暴发，我在北京的军营，经历了那个极不平静的春天。那场危机留给中国人的教训实在太多，人们开始反思生活习惯中存在的陋习，并学会尊重其他生物，学会尊重自然。随着非典的平息，当时遭媒体"围歼"的各种陋习开始死灰复燃，良好习惯渐渐被淡忘。

我想说的是，相比日渐松懈的我们，我们的"敌人"从未松懈。或许，这是本次新型冠状病毒肆虐的一个重要原因。谁也不能预测病毒何时会被消灭，但谁都知道，抗击新型冠状病毒的阻击战一定会胜利。

此刻的长沙，不论城市或农村，不论老人或小孩，大家戴上了口罩，饭前饭后勤洗手，吃饭时使用公筷……

长沙在行动。我相信，我们是从敬畏自然，善待生命开始的。

长沙，只是湖南，乃至中国此时的一个缩影。

镇长给我们送口罩

晓 苏

腊月二十四,我们五兄弟陆续从武汉和襄阳两地携妻带子,回到保康马良,陪八十多岁的父母过春节。父母从马良供销社退休之后,一直生活在马良。父母在哪里,我们的家就在哪里。每年春节前夕,不论多远,不论多忙,不论多难,我们都要雷打不动地回到马良,回到父母身边,陪二老过年,一起辞旧迎新。

刚从外地回来的时候,新冠肺炎的形势还不是太明朗,我们因此重视不够,也缺乏必要的警惕,连口罩也没有准备。回到马良不久,电视上和手机上一夜之间沸腾起来,关于疫情的新闻报道铺天盖地,各种小道消息更是纷至沓来,让我们陡然傻了眼。

马良镇党委、镇政府反应神速,接到县委和县政府的通知之后，当天晚上就派工作人员专程来到我们家，对十二名汉归者逐一进行登记，包括姓名、年龄、联系方式和身份证号码。工作人员名叫张道斌，他真诚、耐心、细致，一边登记，一边询问我们的身体状况："烧不烧？咳不咳？呼吸如何？体力怎样？"然后郑重要求我们："千万不要与外人接触。"临走时，小张让我们推荐一位联络人，负责每天跟镇上汇报一次家庭成员的身体情况。因为我在兄弟中排行老大，几个弟弟就推举我担任了联络人。我很尽职，担任联络人之后，每天都及时通过手机微信跟小张如实汇报。小张收到我的微信后，总是在一分钟之内给予反馈。令我高兴的是，小张的反馈文字并不是公文式的，而是像亲朋好友之间的交谈，有时是"好的，谢谢您支持我们的工作"，有时是"收到了，辛苦您了"，有时是"知道了，如果您生活上有什么需要帮助的，请直接告诉我"，充满了人情味，让我在寒冷的冬天感受到了春天般的温暖。

　　武汉的领导和朋友也时刻牵挂我们这些春节还乡人，我每天都要接到十几次电话或微信的询问。有一位领导，在询问了我的身体状况之后接着又问："当地没有歧视你吧？"我爽朗一笑说："不仅没有歧视，反而更加重视。"领导说："这样就好。"还有一个朋友，用半开玩笑的口吻问我："你从武汉逃回老家，那里的人朝你身上吐了唾沫吗？"我打个哈哈说："怎么会呢？我的老家是礼仪之乡，即使我是病毒携带者，他们也不会朝我吐唾沫。告诉你吧，本地政府特别尊重我们这些汉归者,既关心我们的健康,又维护我们的尊严。"朋友感慨地说:"马良真是个好地方。"

春节临近,疫情越来越严重,气氛越来越紧张,各级党委和政府也越来越重视。从电视上,我们看到县委书记和县长全天候奔走在抗击疫情的第一线。从手机上,我们看到了县政府向全县人民发布的非常时期的"十不准"禁令。马良镇积极响应县里的号召,立即采取了更为严格的管控措施。宣传车在镇上来回跑,反复播放"十不准"禁令,街上到处拉上了又长又宽的横幅,劝诫人们不要聚会聚餐。政府的小张与我的联系也更加密切了,由原来的一天一个电话增加到一天好几个电话,微信沟通更是不断。除了了解我们的身体状况,他还问我们是否出过门,家里来过客人没有,再三叮嘱我们不要走亲访友,不要邀客迎宾,若有任何异常,一定要及时通报,言辞恳切,情深意长。

我们都是明理之人,身为汉归者,哪怕没有携带传染病病毒,我们也必须自觉执行本地政府的禁令。每天,我们都大门紧锁,足不出户,深居家中,自我隔离。按照老家的传统习俗,从正月初一开始,三亲六戚都要相互登门拜年。我们的父母辈分高,年纪大,每年来家里拜年的亲人络绎不绝。与此同时,我们兄弟还要带着妻子,领着孩子,成群结队去给亲戚拜年。然而,这个春节不能拜年了。我向来认为,情谊诚可贵,生命价更高。在病毒肆虐的危险时期,我们不仅要为自己考虑，更要为他人着想。

可是，我们亲戚的防范意识大多不强，面对洪水猛兽般的传染病，他们依然相信"生死由命"这句古话。大年三十的晚上，亲戚纷纷打电话给我们的父母，问候完还预告说，正月初一要来家里拜年。每当有亲戚说要来拜年，我便赶紧抢过父母手上的电话，极力劝阻："我们家从武汉回来了十二个人，不能完全排除没带病毒，为了避免传染，请你们不要来家里拜年了。"我这么一说，多数亲戚都被我阻住了，但也有少数亲戚不听劝，仍执意要来拜年。无奈之下，我只好把镇上拉的横幅拿来当枪使了。我问他们："你们看到横幅了吗？"他们回答说："看到了。"我马上质问："看到了还出门拜年？"他们在电话那头沉默了一会儿，然后含含糊糊地说："既然这样，那我们就不去了。"通完电话，我心里又感到十分不安，五味杂陈，觉得用横幅劝阻他们有点过分，也辜负了亲戚的一片真情实意。但转念一想，眼下大难当头，生死攸关，必须打破常规，使狠招，出重拳，下猛药，才能化险为夷，转危为安。直到这时，我才真正理解到那些横幅创意者的良苦用心。

我们回到马良后，镇党政领导一直关心着我们。他们不仅关心我们的身体，也关心我们的生活。腊月二十九，张镇长还代表马良镇党委、镇政府给我们送来了一箱生活物资，希望我们安心居家过年。正月初三晚上，小张突然发来一条微信信息。我以为他又是要我汇报什么情况，仔细一看不是。他在微信上说:"疫情日益严重,你们还得在家中多待一段时间,生活上有什么困难,请只管说,镇上会想办法帮助解决。"我犹豫了一下,然后回复:"我们没有其他困难,只是急需口罩,希望镇上代买,钱由我们付。"小张很快答复:"我马上反映上去,尽快帮您解决。"

初四上午,我按时给小张发微信,汇报了我们的体温。小张回复:"收到,谢谢!您要的口罩,镇上还在想办法。"从这些话上看,我关于口罩的要求显然让镇上为难了。据我所知,马良的口罩早已脱销。刚回马良时,我曾经戴着一顶俗称"挎筒子"的线帽上过一趟街。挎筒子从头顶挎到下巴,除了两只眼睛,其余部位全都被遮得严严实实,看上去像一只猫头鹰。我那次上街,就是为了买口罩。但我没有买到,所有药店的口罩都卖光了。想到这些,我不禁有些后悔,觉得自己不该因口罩这点小事给镇上添麻烦。于是,我给小张回信息:"口罩买不到也不要紧,我们可以拿挎筒子当口罩用。"这条信息发出去后,小张迟迟没有回复。我心里想,口罩的事,看来十有八九泡汤了。

出乎意料的是,初四吃过晚饭,我正戴着挎筒子在我们家院子里散步,张镇长突然打响了我的手机。他问我:"您是否在家?"我说:"在家。"他说:"请您到门口等我一下,我马上给您送口罩去。"我一听说有了口罩,不由得喜出望外,便立即走到大门口,站在那里等候镇长。

镇长是开车来的，虽然戴着口罩，但我还是一眼认出了他。他有一对澄明的大眼睛，让人联想到柳宗元笔下的小石潭。他开门下车，将一盒口罩递给我，略带歉意地说："对不起，口罩是去县城买的，所以送迟了。"我感动不已，一边接口罩一边说："谢谢镇长！请问多少钱？"镇长说："不要钱，这是镇上送给你们的。祝你们全家平安！"他说完，举起一只疲惫的手，对我挥了挥，然后就上车走了。镇长走后，我看了一下表，已是晚上8时。我想，镇长为了给我们送口罩，也许连晚饭都没顾上吃吧。

镇长送来的口罩，犹如雪中之炭，让我们全家老少倍感温暖。我迅速将口罩分发给家里的每一个人，大家的精神状态都猛然一振，顿时增强了战胜疾病的信心。

朋友圈里发现的逆行者

杨怡芬

农历己亥年年末直到庚子年正月初四,我的心绪完全被武汉的疫情占据,一直捧着手机刷屏,焦虑、愤慨、痛心,因使不上力而更加无奈、着急。阅读大量信息后,唯一清晰地升腾起的是对医护人员的崇敬,这样的时刻,他们在第一线奋战,和新型冠状病毒肉搏,一次次,我被感动到泪湿眼眶。这种感动,是遥远的感动,直到今天,我才有了第一份切近的感动。

今天,2020年1月28日,在朋友圈,一位90后小同事发了一段微视频,她配的文字是:"知道你每天穿着沉重的防护服,可我还是没想到你会请缨赶赴武汉疫情最严重的前线。"她说的这个"你",是岱山县第一人民医院感染科的90后护士罗静静。微视频里,朋友们一声声的"加油",恳切、真诚,甚至尾音发颤,那是哽咽时的语声,是含泪的祝福声。

不能去打扰要出征的战士，我恳求我的小同事："来，告诉我，她是个什么样的人？"如果她同意，我愿意用我笨拙的文字来为她画一幅肖像，多少缓释一下"百无一用是书生"的无力。

我的小同事燕子姑娘是罗静静的闺密，她发给我罗静静的照片。静静姑娘是美丽的，一双清澈的大眼睛尤其美，眼神坚定，纯洁无邪，如若路遇，我也会暗暗赞叹：好一位美丽的海边女郎。这样的女郎，是在沙滩上漫步徜徉的活动风景，而现在，她要去武汉了，要把她的美丽，藏进雪白的防护服里。

燕子还发给我她的闺密的朋友圈截图，那都是闺密为罗静静而发的，一个个饱含深情，一笔一画，为我绘就了一个立体的罗静静。

昨天15时23分，罗静静的工作群里出现了一则这样的通知："各位，接上级通知，要求我科室预备一名护士赴武汉支援。请自荐！收到请回复。"罗静静回复了："我报名，我还是党员哩。"

昨晚，罗静静决定把长发剪短。护士长帮她联系了理发师，大半夜的，姐妹们都不睡，陪着她去理发，理发师剪刀落处，乌黑油亮的头发纷飞落下，姐妹们心疼，罗静静却笑着，还告诉她们一件趣事，科室里的小姐妹给她准备一次性衣服，怕不够用，连男式的都买了。也许，她用这样的说笑，是想把这凝重的气氛化解，她要上前线，她的心情能不忐忑吗？

昨晚，罗静静和父母在电话里告别，她把事情始末说了一遍，父亲在电话那头说："祖国需要你，你就去。"我不由得暗暗想，如果我是她的母亲，我会怎样和她说？论年纪，她只不过比我的儿子大了四岁，在母亲的眼里，还是不懂事的孩子。她的母亲说："我理解你，也支持你。"这样朴实无华的话语底下，该有多少不舍，同为人母的我，能深深体会。

静静姑娘拥有浓郁的亲情鼓舞，静静姑娘更有灿烂的友情支持。

一个名叫晨吉的女孩，为我勾勒出一个人见人爱的好孩子形象——白净，是她给我的第一感觉。初中高中，始终是隔壁班，只是偶然碰面，并不相识，上了大学后，我们才熟悉。这个人见人爱的小姑娘，跟我一样对音乐着迷，她的歌声宛如天籁，让人忍不住怀疑这是被天使吻过的声音。我们开始经常约饭，两人经常在KTV吼到声嘶力竭。每次开完会风雨无阻去肯德基谈心，聊到泪点低的话题互相安慰，越安慰哭得越凶。从生活到工作到感情，还有彼此最爱的《海贼王》，聊不完的话题，也只有跟她才能敞开心扉。欣赏她的才能，佩服她的成就，每年的奖学金、成堆的荣誉证书都是她优秀的证明，她曾是班长、社长、先进个人，现在，她更是英雄的党员和美少女战士。

另一位叫诗远的女孩，为我勾勒了一个可爱的美少女形象——我们是铁憨憨，过年一定要放烟火的四人组。你勇敢前行是真的,被"钻天猴"吓到认怂也是真的。今晚,我陪你剪短了头发,整理好行囊,一起放迟到的新春烟火,对着仙女棒许下满满的心愿。

还有一位叫思洁的小姐姐,把已经码好的几百字都删了,面对面把祝福送上,又在朋友圈郑重发愿——等你回来,夜宵陪你,火锅陪你,不过这样一来,双下巴也会陪着你!要想瘦,一起跑步,跑完带你去吃肯德基,去吃火锅,随你挑。

送完了祝福,她还不放心,又补充道:高女士洗好的车厘子别忘了。早饭千万不要忘记吃,都放好的。别忘了给你的信物,在你小包内层。务必平安回来!

这些话语,我读着,含泪笑。多可爱的一群女孩子呀。这些话语,此刻,罗静静在奔赴武汉的路上,应该都读到了,它们会是温暖的小火种,一直暖着她。

为你祝福,我们的美少女战士!我也等你回来,我朋友圈里辗转遇到的逆行者。愿你一切安好,奋力前行,平安归来!明年春节,祝愿你们的四人组将烟火燃得更亮更高,让我在朋友圈里,也辗转看到。

信心与勇气

李燕燕

又见毛青,是在武汉抗疫一线的新闻镜头中。这次,他依然是首席专家,陆军军医大学援鄂医疗队首席专家。

除夕那天上午,听闻陆军军医大学支援湖北的消息,我就有一个预感:毛青很可能会出现在这支队伍中。

当晚,该医疗队出征视频在朋友圈刷屏——这支150人的医疗队,在除夕之夜奔赴武汉。点开视频,画面变化得很快,我着意搜寻,终于找到这位熟识的感染科专家——精瘦身材,一身荒漠迷彩,负着单兵背囊站立在队伍中。

这个春节,拜年的话是互道保重的话语。曾在军医大学工作多年的我,甚至也在细细回想前些天乘坐高铁从渝回蓉的所有细节,那个排在我前面的人,会不会有问题?疫情防控,效果如何?然而,当我看见昔日战友除夕出征的视频,看见队伍中毛青的身影时，惶惶不安的心稳了下来。这是一种无声但真实存在的力量。

是的，毛青和战友们能够让人心安。

我第一次面对面采访毛青是2015年春节前，刚归国的首批援助利比亚抗击埃博拉病毒医疗队队员安排在一个地方隔离观察。房间里，隔着两米开外的距离，眼神犀利却格外瘦削的毛青上下打量我一番，笑道："怕了吧，怕我身上带着埃博拉病毒？"闻言，我试图把椅子朝他那个方向再挪挪，不想椅子腿被紧靠的小茶几绊着，几下用力未果，只得尴尬地把身子前倾，然后抬头露出礼貌的笑容。"安全得很！"毛青大声说。那次采访，我听到了许多惊心动魄的救治情节，以及两段如何与人类知之甚少的病毒作战的清晰有力的表述——

"坚定，我们身后有祖国的支持，我们是军人，要坚定'敢打必胜'的信心，面对挑战敢于亮剑；严谨，我们一定要做到每个细节、每个步骤都按规定程序办；团结，在任何时候都注重发挥集体的力量；务实，实事求是地做事。"

"我们的队员应该像个'老中医'，既要严谨，更要有敢于'把脉问诊'的勇气，实践出真知。"

这个除夕之夜，我在朋友圈转发了陆军军医大学援鄂医疗队出征的视频和图片，并附言：战友，加油！本想再发个微信给毛青，表达我的关切和祝福，但转念一想，这或许多此一举。他应该有太多的事情要做。

我最终放弃问候毛青的念头，之后在各种报道和军医大学的微信公众号中关注着他。没有什么能够难倒一个科学严谨而又充满激情的人。

刚毕业时被分到闻者畏惧的感染科，年轻的毛青很是坦然：知道来这里看病的人得的都是传染病，自然就会科学防范，敌人在明处反而简单。

2003年，感染科接收了五个非典病人，全都安排在五楼，毛青就挨着那些病人在五楼住了整整两个月。

2014年，在160多人组成的首批援助利比亚医疗队里，他是为"所有医疗行为最后拍板"的首席专家；时隔五年，他作为首席专家转战抗击新型冠状病毒肺炎疫情这个艰险未知的战场。

在武汉，火神山医院正式交付使用之前，毛青和战友对口支援的是金银潭医院。这里收治的全部是确诊患者，这是抗击新型冠状病毒肺炎疫情的最前线。1月26日，冬日微雨中，72名新型冠状病毒肺炎确诊患者，陆续抵达武汉市金银潭医院。

这个战场上，许多抗击埃博拉病毒的战术再次派上用场。

红区是污染区，黄区是半污染区，绿区是清洁区。医疗队员在门口张贴消毒程序：关门、洗手、相互喷洒消毒液、洗手、脱隔离衣、洗手、脱面屏防护服、洗手、脱外层鞋套。繁复的过程，一丝不苟。

这次来到武汉，对医疗队员进行监督是首席专家毛青的一项重要任务，他曾说，监督不是担心有人会工作偷懒，而是要提醒大家不要在救治过程中忽略了防控原则。无意中揉揉眼睛、摸了摸脸，都可能带来危险。

红区是直接接触患者的区域，是战场前沿。那天，战斗即将打响——第一组人员到位，点名完毕，他们挺直腰板进入更衣室。

我看见新闻镜头中，我所熟识的毛青，已经穿戴好一身厚重的防护装备，战友正用笔在背后一笔一画写上他的名字。此时，每一个即将进入红区的勇士，防护盔甲遮得严严实实，只能从背上的名字来分辨。

毛青第一个走进病区。他说，我们在抗击传染病方面有许多经验，但不是所有队员都有在传染科工作的实践，所以我要第一个进去，要给大家一些信心。

春光穿越疫情之夜

杨志宏

这是摄像机伴我走过临湘长安街的第六个除夕夜,与往年不同的是,它旁边除了标配的一盒方便面、一瓶水,还多了一个淡蓝色口罩(直到三天以后,我才掂量出它的分量)。

"戴上,必须的,我要每隔一小时用视频查一次岗!"采访出发前,匆匆下楼的台长敲打着我的车窗玻璃,再三叮嘱。

车过十字街,警灯闪烁,交警明显增加了人数,都戴着口罩,偶尔查询一下车辆,夜一下子肃穆起来。

车刚靠边停稳,熟悉的刘交警忙跑过来,小声说:"你们记者也动起来了,这新型冠状病毒感染的肺炎疫情说来就来了,还真的是猛啊。哎,这时候你还出来采访啊?"

"你们不也一样嘛。这看上去,警力增加了不少?"

"省总队下了紧急通知,密切关注车辆,特别是那边过来的,咱和那边搭界不是。黄队长电话一呼,咱们队员,放下年夜饭的碗筷,一刻钟全都到位了!"

"辛苦了!我下来拍几个镜头。"

戴口罩,下车,举起摄像机。凛冽寒风,淅沥冬雨,警徽下的一双双眼睛,审视着眼前的一切。这是1月25日零点,新春的脚步悄然迈过时间的门槛。交警们没能和家人温馨地守岁,说笑着看央视春晚,却在风雨交加中守护万家灯火的安宁。

告别交警们,赶往下一站——市人民医院。车在门诊大楼前停下。敞亮洁净的大厅,飘荡着淡淡的消毒液味,医护人员或在打电话,语气焦急,或小步快走,低声细语。两名护士身着防护服,扶着一位大声咳嗽的患者走进疑难病症观察室,轻掩上门,随即挂上"未经允许,不得入内"的牌子。匆匆走动的人,窃窃私语的模样,隐约有一丝紧张的气氛。看见我移动的摄像机,他们都随即恢复了常态,淡定从容。

"哦,主任来了呀。这么晚了,还来采访,是为疫情吧?"医院办公室王秘书迎了上来,紧一紧蓝口罩。

"是呀,我来看看,"压低声音,我问,"有什么新情况吗?"

"暂时没有,接治了十几位疑似病人,都在密切观察呢。"她看了一眼挂了牌子的房间,"疫情来得很突然,那边一封城,我们就接到了通知,做了防治预案,上午已经启动了。"

"现在是凌晨两点了,看来这将是一个不眠之夜。"

"全市各单位都一样,你们记者四处采访,要多加小心哪!"

"走,带我去能拍的科室看看。"

王秘书引导我,来到院行政办、呼吸科、急诊室、留观室、监控室、药房,还有正在做盒饭的营养食堂,值班人员都在有序工作。我发现,与往年相比,值守人员明显增加了。

在急诊室,余院长和值班医生正在给六七位小声咳嗽的人戴口罩、量体温、问情况、写病历单,问得仔细,答得清楚,一个细节也不疏忽。正问着,又进来三位看门诊的,院长忙起身,给他们一一戴上口罩,说:"戴好了,千万不能摘下来呀,一点都不能马虎!"

采访完,车上大街,又见警灯。路灯下的交警和巡警正在查询一辆外地牌照的白色帕萨特,情绪都很稳定。

驶过长安桥,经过白云湖,穿越南正街,便到了市政府大门。"喜迎新春、万事如意",由盆景和鲜花组成的花台,在霓虹灯的映照下,姹紫嫣红,生机盎然。

进了楼,大厅墙上的电子钟显示,已是凌晨四点。电梯上上下下,人们步履匆匆,边走边接电话,语气急促。到八楼,出电梯,紧走几步,我来到市突发公共卫生事件应急指挥部,举起摄像机,拍摄了这里的一切:简短的会议,文件的起草,几位负责人的谈话,工作人员传达电话通知,整理疫情防控资料,还有,墙角来不及清理的成箱的盒饭盒子。

"哎，你来一下！"是廖市长叫我。

"这个，应急指挥部一号公告，带给你们台长，和新闻节目一同播发！往后照办！"他递给我一个信封。

"明白了，放心！"我在他的眼睛里，看到疲惫和坚定。

匆匆走进电梯。我的任务是在今天11时，在防控新型冠状病毒肺炎新闻特别节目中，和其他几路记者一起，将公告和本市这二十多个小时发生的一切，准确无误地报道出去，让民众知情，给防控助力，为明天加油。

我走出大楼，已是6时10分，这是大年初一的清晨，黑暗已悄然过去。出于职业习惯，我拧开收音机，正是中央人民广播电台《新闻和报纸摘要》节目时间，播音员的声音铿锵有力："我们有信心、有能力坚决打赢这场抗击新型冠状病毒疫情的人民战争……"

我脚下油门一踩，车加速奔跑，迎着春光，沐浴花香，奔向阳光初照的正前方！

总有一些感动直击灵魂

般君发

窗外的雨,不紧不慢地下着,既有冬雨的冷峻,又有春雨的清新。即将立春,2020年的春天在新型冠状病毒的阴霾下,扭扭捏捏降临人间。此刻,我感受不到一丝春的气息。我的16名战友,在湖北黄冈隔离病房里,直面病毒威胁,与死神殊死搏斗。他们的脸上戴着N95口罩、护目镜,身上穿着密不透风的防护服,甚至还垫着成人尿不湿,像百变金刚奋战在这个没有硝烟的战场。此刻,我在湖南衡阳,遥望湖北黄冈,山高水长,我看不到他们的身影。这次新型冠状病毒肺炎疫情中,黄冈确诊病例数量仅少于武汉,是重灾区,不但封城,还限制居民出行——每户只允许一人外出采买。这些或年轻、或俊朗、或美丽、或沧桑的面庞,最近总是钻进我的脑海,锤击我的心灵。他们还年轻,最小的才22岁,最大的也只有40出头。原本,他们都有美妙的春节计划,陪伴亲人,享受假期,是每一个春节再平凡不过的安排。然而,这个春节,他们却离开温馨的家,告别亲人,毅然远行。

他们的故事在我的心中翻涌:刘军,这位重症医学科的年轻"老兵",救人无数,2017年春节参加衡阳市首例人感染禽流感重症病例救治,与专家组的同事们用576小时的坚守,成功救治病人,被誉为"医学奇迹"。1997年出生的护士吴玉琴,平时话不多,总是埋头做事,献血她第一个报名,医院组织捐款她捐双份,父亲重病在长沙住院,她坚持不请假,白天上班,晚上坐高铁赶到长沙照顾父亲,第二天再赶回来上班。1998年出生的护士邓胡梦婷,来自农村,讲起话来还有几分羞涩,父亲春节前刚做肝脏介入手术,她却第一个在科室微信群报名参加援鄂医疗队……无论是送行者,还是逆行者,都清楚此行危险。他们肩上扛着责任,心中装着信念。这种责任和信念,来自每一个医生护士的职业素养。希波克拉底誓言、南丁格尔精神散发出的迷人光芒,再一次在他们身上闪耀,让人肃然起敬。而他们,真的只是一群普通人,上有老下有小,柴米油盐酱醋茶、吃喝拉撒睡,跟我们没有任何区别。唯一不同的是,他们学医,哪里有疾病,哪里就有他们的身影。这支援鄂医疗队,从接到上级通知到确定名单,只用了不到4小时。上报名单到紧急集合出征,只相隔一天半。这短短的两天,许多人合家团聚，他们却经历了漫长的等待：前方是不可知的未来，难免担忧，难免牵挂。

出征的日子，是正月初一。天下人回家团聚，医疗队出征战场。握手、拥抱、叮嘱，泪水仿佛是专门为出征准备的。父子相送，夫妻告别，母女分离，执手相看泪眼，但愿及早还家。这一次，我们共同的敌人是病毒。是它，搅乱了人间的神经，撕扯了人们的心灵，打乱了美好的计划，严重威胁着同胞的生命。不论是湖北人还是湖南人，都正在经受疾病的折磨，遭受死神的威胁。"岂曰无衣，与子同袍！"生而从医，救死扶伤。整整十天了，我的战友们，你们吃得咋样？睡得好吗？昨天，一组照片看哭了许多人：那双手，本来娇嫩，被消毒水反复浸泡、冲刷，布满皱纹，毛细血管赫然充盈；那张脸，本来清秀，却被口罩和护目镜勒出深深的印痕；那件衣服，本来洁净，下班时脱下防护服，却满是汗渍！他们中，有我的战友。他们，是我的亲人，也是我们的亲人！"说不怕死是假的，说不累也是假的，我只是不愿意大家担心我。"昨天，衡阳援鄂医疗队副队长唐肖春给家人发来一段视频。视频里，她全副武装，努力让自己的声音轻松自然，然而，说着说着，就哽咽了。疫情当前，她所在的病区12名医生、45名护士，负责诊治护理54名病人，这些病人中，还有3名危重病人，上着呼吸机、心电监护仪，他们要输液、打针，帮助病人吃饭、翻身、排痰、排尿，这些烦琐的日常工作，在平时看来是简单的动作，在隔离病房这个特殊的密闭空间里，却都那么沉重。每天工作9小时，有时要10小时，一分一秒都有被病毒侵入身体的风险，中途不能休息，不能喝水，不能上洗手间，唯一的办法就是忍。她说："这身装备，让我透不过气来，跟病人交流，声音要大，一个班下来，精疲力竭，头晕目眩。"就是这么艰难的条件，大家咬着牙坚持，用自己的血肉之躯坚守，大家心中有一个信念：疫情一定会被消灭，新型冠状病毒一定会被打败！

现在，疫情处于"爬坡期"。医生护士用生命在前方打仗，那些令人动容的瞬间，总有一些感动直击灵魂，总有一些细节考验人性。病毒面前，我们需要万众一心、众志成城，每一个人都不能掉以轻心。也许，有人在家里待烦了，坐不住了，想出去转一转，喝一场酒，泡一次吧，搓一搓麻将，去一次户外，挥洒一把激情，我要坚决阻止你：且慢！看一看这组数据：2月2日，全国累计报告确诊病例17205例。看一看在前线用生命守护生命的医生护士，看一看那些年轻的子弟兵，看一看守护在高速公路出入口的警察，听一听村口的大喇叭，你就知道，生命不能随意挥洒。你病了，一大堆人围着你转，一大家子人为你担心，还有很多与你接触的人心惊胆战，要隔离观察。与其害人害己，不如安心静待拐点。记住：这是战争，不是儿戏！

疫情还在无情肆虐，医院已经组建了第二批援鄂医疗队，182名医生、283名护士随时准备顶上去——这些铮铮铁骨，不计生死,如此动人!春天已来,春花烂漫为时不远,春风轻拂近在眼前。让我们在这个春天,记住这些逆行的身影,让"生命守门员"的人性光辉,感动每一颗善良的心!

庚子年正月初八日记

廖瑞莲

早上,天未大亮,我就醒了。取来手机一看时间,六点多一点。找到疫情实时动态信息一看,确诊病例数据已攀升到八千多了,突破一万只是一天的事。这让我更清醒地明白,这是一场没有硝烟的恶战。没有起床,躺在温暖的被窝里,思考着今天要办的事项。我在床上细想,自己有多少天没休息了呢?十四天还是十五天?不记得了。反正,我与同事们已经接连上了十多天班,从腊月二十四开始,中间没休息过一天。新型冠状病毒肺炎出现,卫健系统工作人员高度重视。我们卫生计生综合监督执法局作为疫情防控工作的单位之一,召开了紧急会议,成立了领导小组,做出工作方案。每天,我的同事们都是兵分四路,早上到单位集合碰面,交流一下情况后,又换上监督服,整理仪容,匆匆踏上卫生监督之路。他们中两组要对全县近三百家宾馆、美发店、KTV、网吧等公共场所进行监督指导，告诉业主如何消毒，如何抗击疫情。还有两组分别对全县两百多家医疗机构，包括医院、诊所、卫生院、村卫生室等进行指导监督，一组下乡，一组在城里。每天，他们都会回来向我这个后勤保障组人员汇报数据，由我做统计上报，写总结。

最开始，他们连一只口罩都没有，工作时处在危境之中。后来，全国疫情越来越严峻，蔓延到了我们所在的小县城。在领导的努力下，申请到了部分口罩，保障对一线监督员的供应。为了满足一线监督员的需要，我没有领到口罩，我表示理解。随着疫情加重，应对措施也在升级，启动重大突发公共卫生事件一级响应。同事们的工作量加大了，他们要对辖区内所有公共场所进行检查指导。每天早上，他们都是精神百倍地出发，晚上拖着疲惫的身躯回家，像一名沙场战斗的战士，虽然没有身负子弹枪支，虽然没有闻到滚滚硝烟，但是，从每天新闻中高攀的数据中，我们都意识到，这是一场艰巨的战斗。同事每天都要外出到医疗点等公共场所进行卫生监督检查。随着新型冠状病毒肺炎疫情越来越严峻，县疫情防控指挥部下达的通知与文件也越来越密集。昨天下班时，还收到一份通知，让立即统计上报各医疗点发热门诊诊治患者的总数。大家只得停下回家的脚步，返回办公室，一起重新梳理这些天所监督检查的医疗点。

书记、局长，还有负责医疗执业这块工作的人员都在加班。夜幕降临，华灯初上，工作正酣。咕咕，谁的肚子唱起了空城计。这提醒了在座的各位，晚饭还没吃呢。若是平时，点个外卖，或者到单位门口的南杂店买几碗方便面，是很好对付的。可是，现在是特殊时期，县里已拉响了应对突发公共事件一级响应的警报，所有餐饮店、娱乐场所全部歇业，要找吃的真难。单位门口南杂店的老板娘是熟人，打电话找她问询有没有方便面，回答说早就被在同一院子里上班的疾控中心工作人员一扫而空。最近，疾控中心的同事也辛苦了，经常加班。下手真快！我想。没有买到方便面，我急了。只是，夜晚来临，白天都全城禁止开店营业的小县城里，到了晚上更是空旷无人，更无店可买吃的了。为了解决同事们的晚餐，我脑袋里像装了马达，飞快旋转。后勤保障组的我，怎能让同事们在前线受累回到后方又挨饿呢？我立即跟南杂店老板娘协商，从疾控中心的数箱中分出几包，应付了这一餐再说。回家后，我仍心挂此事。在我家附近的小商店里打听有没有方便面，结果让人失望。想起了手机里保存着佳惠超市业务经理的号码。翻遍手机，终于找到了。也不管过年是否打扰到他了，直接打电话过去。电话通了，我第一句话就是："新年好！"虽然，过不过年的，我们已无所谓，但是，对于身处假期中的人来说，他们仍沉浸在过年的清闲中。我向经理自我介绍，然后用最简洁的语言向他说明情况，让他尽快准备好十箱方便面。经理说，现在下班了，要等明天上午九点半。于是，第二天早上，我早早出门，步行前往佳惠超市。自从我县出现两例新型冠状病毒肺炎患者以来，不仅汽车站停止营运，部分车次的列车也停运，出租车也禁止营运了。少数必须出门的群众都是步行。街上行人寥寥，放眼望去，数一数十人不到，大部分戴口罩了。九点钟，心急的我就走到了佳惠超市门口。超市没开门，我只有在周围走走。隔壁有家大药房，早早开门了，营业员正在打扫卫生，走进去闻到浓浓的84消毒水味。门口一张桌子上有一张告示，用红色水笔写了几个大字"本店口罩、酒精、消毒水已售完"，让人问都不用问。估计他们也是懒得千百遍地重复回答这个问题了，才这样以笔代口。不止这一家药店，全城所有的大药房与医院，都在门口显眼的地方写下了这十几个字，这十几个字成了医药界2020年第一句流行语。没有口罩、酒精与消毒水，我进药店干吗呢？马上退出来，在附近走走。街上好清静啊！是从未有过的清静。没有拥挤的人群，没有等候在红绿灯前长龙般的车流，没有两旁时尚服饰店、金器店喧哗的广告音乐，这些店全歇业了。城市突然安静了。安静下来的城市显出了素颜可人的一面，让我忽然喜欢它了，甚至想，如果疫情过去，城市还能保留此刻的模样真好！九点半钟，超市准时开门。进门就会有人对你进行体温测量。嘀的一声，我听到那个手持测温器对着我的额头进行测温的人报出三十二度八。我一听，笑了，打趣说："这么低的温度不对呀！那是要报销的节奏。"然后，我接过她手中的测温器，向她示范如何正确操作。这不是我多管闲事，而是我作为一名卫生监督员的职责所在。到了二楼，很快联系到了食品区促销员。香菇清汤的、藤椒的、老坛酸菜的，各种各样的都来一箱。众口难调，为了满足大家不同的口味，只能这样做了。促销员说，还有一家单位订了十五箱。我望了望那存货并不充裕的货柜，心里想，如果不是我一早守候在超市门口下手快，估计这方便面也会像口罩一样有钱都买不到了。同办公室的小蒋是个勤快人，因为没有监督员证和执法证，只能守在单位做些跑腿的事。疫情防控指挥部一天三四个通知文件什么的，如鸡毛信急催而下，都是他去领取。现在，他早就开了自己的车，早早候在超市后门那里了。装有方便面的推车一出现在门口，他就小跑着迎上来，三件一抱，几下就抱上车了。等我结账出来，他已发动车辆，只等我一上车就油门一踩，飞奔单位。最近，因为疫情防控，我们行路办事都加快了速度，连走带跑，行动带风。到了单位，同事们又外出检查监督了。真是辛苦他们啦！回到办公室，将方便面分发到各个科室，确保同事们加班不会饿肚子。希望同事们回来后，看到这些口粮，心里能有一丝暖意与感动。

上午十点多钟，又在全省卫生监督员办公室微信群里，看到一条让人心痛的消息：省卫生监督局局长张辉因连续奋战在疫情防控一线，突发心肌梗死去世。这是一个让人悲伤的消息。想起了我们人到中年的局长，单位与疫情防控指挥部两头都得跑,家里还有蹒跚学步的二孩和一位病重的至亲。即使这样,他还是以工作为重,以单位为家,经常是饿了就泡一碗方便面,渴了就喝一口白开水,嘴角早就起泡了。今天是庚子年正月初八,我们却早已将过年的事抛在脑后,投身于疫情防控一线。在我们卫生监督员眼里,这个年,不是万家团圆的一个年,而是与病毒较量的一个年。我们赢了,从此以后,天天都是团圆年!但愿,我们卫生监督员的付出,能换得万家健康!愿此次的抗疫早日胜利!期待春暖花开时,就算赏不到八百里外武汉的樱花,我们还是能像往年一样,在郊外的水酿塘樱花林里相遇共赏。

时刻准备着

严心悦

每一次突发公共卫生安全事故都不会是缓缓地拉开序幕,是直捣心脏的重重一击,是掀开天灵盖的毫不留情。2003年非典型肺炎如此,这次的新型冠状病毒肺炎亦是如此。

这一次新型冠状病毒伴随着农历新年的脚步自中国武汉席卷而来,以至全球范围内开始有了输入性新型冠状病毒肺炎的报道。像一次雪崩,错误的时间里一次错误的高呼,积雪内部再也抗拒不了重力的拉引,雪崩时没有一片雪花是无辜的。

恐惧的阴影笼罩在荆楚大地,常德津市这座小城地处湖南湖北交界地带,两省之间有着大量流动人口,随着春运返乡高峰的到来,许多在武汉工作、生活的津市人选择回家过年,这使事态变得复杂起来。

我是津市市人民医院检验科一名普通医务工作者,工作性质决定了万家团圆的时刻，我和我的同事们要坚守在一线工作岗位。工作经验告诉我年前会有一波就医热潮，其中会有返乡的人们陪同家人体检，也有辛苦工作了一年的人们趁着休假给自己体检，还有秋冬季节是流行性感冒的高发季节，等等，这些因素杂糅在一起。

我清楚地记得，从1月初到1月中旬，检验科工作量较往月有所上升，符合预期推测。当时我们还在和甲型、乙型流感，肾综合征出血热等传染性疾病做斗争，忽然有一天新闻报道一例人感染的新型肺炎出现，此时并没有引起人们重视，直到武汉市内相继有多人感染。此后，新闻及时滚动播出病毒感染情况，人们只是觉得疑似病例越来越多，并不清楚事情的来龙去脉。终于，钟南山院士给出了一个最终结论，这是一类新型冠状病毒，引发肺炎疫情，存在人传人、医务人员感染、一定范围社区传播。此时已是年关将至，大量返乡人员已经进入津市市区。

时间来到1月22日，农历腊月二十八，大量门诊、急诊患者拥入医院，发热、咳嗽等感冒症状病人多见。较普通感冒不同，人们陷入恐慌。"我从武汉回来，是不是感染了新冠肺炎？""我的这次感冒，普通治疗有没有效果？""我和武汉朋友聚会，我会被病毒感染吗？"……我在门诊检验岗位，这一天接待了几十个此类病人。一边简单科普，一边及时安抚。科室陈主任见此状况立即调整了春节在岗值班人员数量，增加值班人员2至3人。也是在这一天，医院发布了防治工作相关文件并成立了防治工作领导小组。

大年三十,除开夜班人员,检验科全员满勤参加工作。前一天,津市市政府启动一级响应,津市市人民医院作为新型冠状病毒肺炎定点救治医院,全院立即行动、周密部署、积极备战疫情防控工作。检验科作为临床科室的眼睛,不计一切代价,打响了检验检疫战斗的第一枪。在病毒确诊之前,每一个普通发热患者都可能是潜在携带新型冠状病毒的肺炎患者,而数以百计的血液、咽拭子标本就成了高危致病性医疗传染源。此时此刻对每一个工作在一线的检验人员来说,不仅仅要克服身体的过度劳累,更重要的是克服恐惧、缓解内心压力,以一如既往的高标准做好每一项检验检测项目。我看见每位同事都在挑战自己的工作劳动极限,同事小钟在高强度的工作状态下,坚持工作21小时,他参加工作后的第一个年三十就在一夜忙碌中度过。同事辛老师和聂老师在高危感染性岗位,从中午一点一直工作到晚上十点,他们全力配合顺利检测完成第一批检验标本。起初,我知道的是他们身穿密不透风的三级医疗防护服,为了节省时间只能不吃不喝不上厕所。而我不知道的是,年三十晚上十点半左右他们又一次接到上级领导指示,第二批检验标本已收集完成,急需立刻展开检验。医护人员也是普通人,有自己的父母亲人,在合家团圆的日子里舍小家为大家,他们付出的不仅仅是时间与精力,更是大医精诚、大爱无疆。得知我要写这篇文章,陈主任详细地和我讲述了当天晚上发生的事情。当晚九时许,院领导来科室慰问值班工作人员,领导送来的温暖让他们斗志昂扬,相互鼓励。直到十点,陈主任陪同他们顺利完成了检验项目。我能体会那种感觉,像打胜一场战役凯旋,脱掉密不透气的防护服踏出实验室的那一刻,他们就和千千万万个普通市民一样,心里记挂着小家,想着团团圆圆。陈主任还没离开科室,她要做好最后的消毒、检查、防护工作。这时,一个电话打进来,第二批检验标本已收集完成,情况紧急需要立刻检验。时间到了晚上十点三十分左右,两位同事可能刚刚到家,也许正在吃今天的第一顿饭,也许正在换洗被汗水浸湿的衣衫。一瞬间,所有的委屈、内疚、压力与责任感全部涌上心头,陈主任的情绪接近崩溃边缘,大哭着向老主任钟老师求助。我无法揣摩出他们当时的对话,只能看到在不到三十分钟后,他们就又一次奔赴了这场没有硝烟的战斗。安静的实验室、冰冷的实验器材,时钟嘀嗒向前迈进,他们在检验科生物安全实验室里度过了大年三十,迎来了崭新的一年。凌晨三点,所有检验项目完成,凌晨四点实验室消毒、检查、防护工作完成。他们用出色的工作,用最好的检验结果迎来了新的黎明。我以为会有喘息的时间,大年初一的早晨,陈主任准时赶到科室努力做好一切工作安排。写到这里,我不禁湿了眼眶,如果再有一次冲锋在前的机会,我一定要向他们学习,不负使命重托。

接下来的几天,"全国确诊病例攀升""启动一级响应"……每一条新闻都令人无比揪心。更让人触目惊心的新闻是"武汉疫情严重，多名医护人员感染""医疗物资短缺，现向社会募捐"。同为医者，同胞有难恨不能以身相替。虽然我院的形势相较武汉各大医院轻缓，但是此类烈性传染病易传染，呈现暴发的态势，而且湖南常德地区已有确诊感染病例，甚至周边县市都已有确诊病例，因此不惜一切代价守护这座小城成了每一个津医人的责任与使命。检验科工作在陈主任的合理安排下有条不紊地进行着，工作量增大，就增加值班人员，确保检验工作的及时准确；原计划春节期间暂时停做的检验项目，为满足临床需求已全部开展；收到因疫情可能封城的消息后，第一时间召回出门在外的同事。

1月27日，农历大年初三，我院举行了抗击新型冠状病毒肺炎疫情防控志愿服务签名宣誓仪式，全院各科室共有336名医护人员主动写下请战书，勠力同心，抗击疫情。没有豪言壮语，冒着生命危险逆风而行，医者仁心，彰显责任与担当。

2月份工作安排，借用津市市中医院新住院大楼作为发热门诊，接收发热、流感病例，缓解人民医院门诊、住院部病人就诊的压力……

疫情还在蔓延，我们时刻准备着。作为一名普通医务工作者，想用这些文字记录下津市市人民医院抗击新冠肺炎第一时间的应急预案，更想直面检验检疫的第一现场。

夜访一线

李胜灵

  2020年的春节,因为一场突如其来的疫情而变得与以往大不相同,没有了街市、商场、娱乐场所的繁华,没有了热点景区的车水马龙,没有了往昔亲友走访相聚的热闹,没有了孩子们撒欢嬉闹的开心,响应政府号召的人们居家隔离,防止疫情。随着居家隔离天数增多,人们憋闷得不行了,纷纷在网上晒出各种居家解闷花样。除了在家唱歌、跳舞、健身这些常规动作外,还衍生出套圈、钓鱼、打网球、打乒乓球和模仿乘务员卖小吃,总之是花样百出,很多人说自己终于理解了狗的苦恼——为什么总是盼着出去遛弯。这一切,都在表示自己居家隔离有多么不易。

  作为一名新闻工作者,从疫情防控阻击战开始至今,我和我的同事们也是少有休假,深入各镇、各部门以及超市、企业,通报防控措施及市场供应情况,引导大众理性、科学防控,知谣、辟谣,制作各类小视频活跃居家群众的精神生活。说真的,看着那些居家呻吟的人,我着实羡慕,因为他们不用这样忙碌,在家睡觉就是在为国家、为这场战役做贡献。可很多人不配合防控人员的排查、登记、消毒措施。与之形成鲜明对比的是,从工作群和网络上看到的那些日夜不休、24小时守护在各个重要卡点,为了防控疫情而坚守的人,在我心中,他们是真正的无名英雄。

2020年2月6日,上午雨夹雪,下午阴。19时,实时气温零摄氏度。我与两位同事跟随县公安局查控点巡查车踏上了泾阳抗疫一线走访之路,走近在特殊时期坚守岗位的平凡而伟大的人,让更多的人了解他们如何夜以继日地为全县人民保驾护航……

同行的公安局宣传科同志告诉我们,目前泾阳全县设置查控检查站10个,每个查控点都由公安、交警、交通、卫健、市场监管五个部门组成。公安部门牵头,其他各单位根据县疫情防控指挥部要求,各负其责:交警和交通路政人员负责拦停车辆;公安民警负责查看身份证,登记入境事由等信息;卫生防疫人员测量体温,实施消毒措施;市场监管人员负责酒精、消毒液等物品的检查。

19:40　泾阳三渠查控点

三渠查控点设在三渠派出所门口，这里是三原通往泾阳的要道。我们到达时，工作人员正在有序拦停排查入境车辆。

三渠查控检查点负责人告诉我们，从检查站设立以来，每个部门每个点两人，人员实行三班倒，每班8小时，这里的工作人员不分职业、年龄、性别，都是24小时不间断地轮流值守，很多人至今都没有回过家。虽然很辛苦，但是没有一个人叫苦叫累，大家都在用自己的行动，为战胜这场疫情做着自己的贡献。

疫情面前无所畏惧的两名女医务工作者面对镜头却有些羞怯，她们说，我们只是参与这次抗疫工作人员中的一员，我们不会说什么豪言壮语，期望疫情尽快过去，所有的人都平安健康！

20:10　泾阳旅游路夏村查控站

查控站各参与部门因为人员情况不同，换班时间也有一些小差异，这里的医护人员是12小时一换班。

民警赵亮最早在曹家查控站，现在在旅游路查控站。很多民警都是如此，变的是查控地点，不变的是心中的信念！

在这里，我们见到了公安局巡特警大队特警中队中队长郭龙龙。他是2月4日"掌上陕西"《疫情防控阻击战场上的最美伉俪》报道中的男主人公,采访时已是他参加防控检查连轴转的第十天。他所在的咸旬高速兴隆出口封闭后,他又请缨来到夏村查控站,继续战斗在防控一线。面对镜头,这个在工作中敢于冲锋的特警却略显矜持,"身为警察,我们只是做了自己该做的,能和战友们一起坚守抗疫一线,让更多的人平安放心过好年,我们觉得更充实、更有意义"。

20:30 泾阳云阳镇兴隆村查控站

云阳镇兴隆村查控站是将原曹家检查站人员后撤设置的,重点查控由关中环线渭南、三原等方向入境车辆。这个检查是最早设立的三个查控点之一,工作人员已经连续值守两星期了。这里的车流量相对比较多,工作人员按照分工依然有条不紊地拦停、查问、测体温、登记相关信息,对陕A、陕D以外的车牌车辆进行耐心劝返。

在我们采访的当口,他们在拦停检查的一辆家用车上发现了好几桶五十斤装的液体,车主称这是医用消毒酒精,从朋友处买的,准备明天捐赠。由于几桶酒精都没有生产标识和出厂证明,车主也提供不出任何购买证明,无法确认这几桶酒精的真伪优劣,且没有专用车辆运送,存在极大的安全隐患,市场监管人员只能当场没收。

市场监管人员也希望通过我们提醒广大群众，在购买和运输相关消毒用品时，必须认准正规生产厂家，用专用车辆运输，这是对大家负责，也是对自己负责！

因为车流量大，工作人员要进行正常值守，只能腾出一半工作人员合影。我与同行记者也加入其中，为他们点赞！

21:10　泾阳云阳镇街子村查控站

街子村查控站也是三原通往泾阳的关键路口，相对关中环线的大车流量，这里出入更多的是步行和使用小型家用交通工具的人。这里的工作人员不仅要对过往车辆、人员的查控，更多地还要向过往群众进行疫情防控措施的引导、宣传。

我们采访期间，有年轻人入村，口罩都戴着，测量体温也正常，其中有外地务工回来人员，咨询相关政策和措施，比如相关证明该怎么开，在家应该注意什么事项。工作人员耐心详细地解答他们提出的一个又一个细小的问题，并劝导他们如果没有特别紧要的事情，不要再外出，居家隔离是最有效的防控措施。

21:50　泾阳口镇查控站

口镇查控站位于淳化泾阳交界处，是泾阳的北大门。口镇最有名的就是它的风,有这样几句话描述口镇的风,"一年一场风,从春吹到冬。夏添三分凉,冬增四成冷。夜夜吹门户,街中少人行"。深夜的口镇,冷风吹来,即使戴着口罩仍觉得脸生疼,但是工作人员依然在各自的岗位值守。

市场监管部门的同志向我们展示他那件已经被风刮破的防护衣,虽然所有的防护用品都以确保一线为主,但在市场不流通的情况下,防护衣还是比较紧缺的,所有查控站工作人员的防护用品都是轮休时在查控站卫健部门提供的紫外线消毒房消毒,换班时再穿上。

拦停、排查、登记、量体温、消毒、劝返……每个查控点人员都是同样的工作和流程,风雨无阻,十几天300多个小时18000多分钟的重复和坚守,怎能不让我们起敬?

22:50 泾阳王桥查控站

王桥查控站位于礼泉与泾阳交界处,是泾阳的西大门。在王桥查控站,我们与巡查督导的县公安局政委相遇,和我们交谈时他说,从腊月二十七八到现在这段时间以来,县公安局警力全部出动,全力投入这场疫情防控阻击战,很多同志都是带病上岗,双警、父子、丈夫是警察妻子是医护人员的也不少。查控站的工作人员都很辛苦,不仅仅是公安、交警,交通、卫健、市场监督也都在坚守。他们都是舍小家顾大家,坚守抗疫一线的英雄，我们都要关心他们，也希望居家防控的人员尽量减少出行，这就是对一线坚守人员最大的理解和支持，他们的付出也才更有价值！

23:20　泾阳桥底查控站

桥底查控站是咸旬高速泾阳出口之一，从疫情防控工作开始就设立了查控站，咸旬高速兴隆出口封闭后，这里的查控责任就更艰巨了。

在我们上前和工作人员沟通的时候，刚刚结束一辆车登记工作的同志抬头看了我一眼，说："你咋还是这么简单防护就出来采访了？"原来他是我大年初五来这里采访的那位同志，我赶紧说："加强防护了的，口罩戴了双层，还有防护手套，随身也带着酒精消毒液。"他说："这还差不多，不过还是要多注意。"他随即又去排查刚出高速的一辆宁夏来车。在他及检查站其他人员的劝说下，那辆车同意返回，并向他们咨询相关路况信息和防控政策。

他们在耐心解答，我们也拍摄下了这一幕幕场景，短短的几十分钟，我们已经冻得瑟瑟发抖了，虽然在出发前还刻意加厚了衣服。

在查控站的简易休息室，放着各级领导及群众慰问送来的水果和简餐食品，这就是他们每天的口粮，根本没时间，也没地方去吃一口热乎饭,但没有一个人说一句怨言。

他们说,在这里值守,是工作职责,背负着全县人民对战胜疫情的期望,同时也是对自己小家爱的守护,只要大家都平安,他们的付出就值了……

次日0:10　中张查控站

三渠、旅游路、云阳镇兴隆村、街子村、口镇、王桥、桥底等查控站一路走来,我们沿着泾阳防护线走了一圈,最后一站到达新设立的中张查控站。到达这里的时候,已经是深夜,气温也降到了零下,车辆通行高峰期已过,可是寒风中的他们依然坚守在各自的岗位上。他们说,就是再冷再累,也绝不能松懈,不让一辆可疑车辆从这里进入!

每个查控点采访快结束时,当我问他们有什么想要说的吗,他们的回答是相同的:"希望疫情快些结束,希望每个人都健康生活,幸福平安。"

这场战役没有局外人,处处都是与疫情搏斗的战场,为了打赢这场突如其来的战役,为了广大人民群众的身体健康,他们这些不拿枪的战士,每一位顾大家舍小家的一线工作人员坚守岗位、尽心值守,用自己的实际行动筑牢疫情防控的"铜墙铁壁",保广大人民群众安宁。

"众志成城,抗击疫情!"

"风雨同行,战胜疫情!"

"守一道门,护一城人,加油!"

……

虽然大家戴着口罩,但声音依然洪亮,这是他们心底发出的最真诚、最自信的声音。守一道卡,护一城人!受命于危难,通宵达旦!感谢他们这些保障泾阳人民生命健康的"守护神"。

走访结束,回到开着暖气的车上好久,我们冻僵的身体才慢慢回暖,直到回到温暖的家中,入睡前,脑海还在回放走访的场景,想想那些依然在寒冷深夜值守的人,心中既感动又敬佩。

我们夜访的泾阳防控值守人员状况,也是全国各地防控一线战士的缩影。岁月静好,只因有他们替你负重前行!祈祷这一切尽快过去,让他们也能在下班后回到温暖的家,吃一口热乎饭,静享家人团圆之乐。让他们也能在寒冷的深夜,躺进家里的热被窝,好好地睡个有美梦的觉。让他们……

心中始终存着一个信念:春天不会远,我们共同期待!

妻子说我像个小黄人

贾 佳

今天大概是晴天吧,不太晓得了。早上进病房之前,太阳还没有出来,出病房时天已经快黑了,在隔离区工作时又没来得及欣赏一下武汉的天气。

不过这已经是武汉天气最好的一天了,因为没有雨。在隔离区,病人病情不太重时,我有时会靠着打开的窗,远远地跟他们聊一聊天。他们的心理压力远远比病情要严重。今天一个皮肤黑黑的青年病人跟我说:"贾大夫,我已经被关在这里20天了,我出不去,家人不敢进来,这跟监狱有什么区别呢?"我笑着说:"我也一样啊,大老远地从辽宁跑过来,还没吃上武汉的小龙虾热干面,也跟你一样关起来呀,不过我比你能多去一个地方而已,除了病区我还能回宾馆。"

说起热干面,今天是元宵节,酒店特意为我们东北人准备了汤圆跟饺子。我问食堂师傅："这饺子管够吗？"他说："随便吃随便吃。"

病人数量最近开始上来了，医院也承担着很大的压力。我们接管之前，告诉我们一个病区15人，结果接管后就变成了45人，足足多了两倍，护士们都忙得不可开交，这张床的点滴刚打上，另一张床的患者就呼叫起来。因为隔离病房没有家属陪伴，也没有家属敢陪伴，因此很多生活上的护理工作也要护士完成，比如扶老大爷上厕所，给老大娘更换尿不湿。丁领队查房时，让我们把危重患者集中在一个大屋，方便护士观察病情变化及时处理，也可以减少护士不必要的奔波。

说起丁领队，我很早之前就认识他，一起参加过几次会议。比我没大几届的师兄，却已经是教授、研究生导师。这次跟他相处的几天，了解多一些。他是那种办事情非常认真，绝不糊弄的人。有时候护士犯错误，违反了感控原则，他会拍桌子劈头盖脸骂一顿，绝不姑息。他很少睡觉，深夜两点半还在发微信安排工作，早上六点，又是第一个在群里发通知的人。我笑着问他："你不困吗？"他说："压力太大，失眠。"是呀，作为领队，压力何尝不大呀！118个队员，一个感染，整个队伍就塌了，他必须负责整个队伍的安全。有时候防护物资紧缺，他会一遍一遍地打电话申领。仪器设备不足，他也会想办法弄。我们来的时候，病房一共只有七八台监护仪，不多的输液泵，现在慢慢也凑齐了。

病房医生护士们穿着慢慢多样化起来。最开始的时候还是清一色的白色防护服和口罩，现在已经变成各种颜色了：纯白色的、带蓝色条纹的、黄色的，有的人还会在外面套上一层浅蓝色的隔离衣。口罩也是五花八门，有绿色的、白色的、蓝色的，各式各样。这是全国人民支援武汉的体现，也说明国家在花大力气调配各种资源。我今天穿了一套黄色的防护服，晚上将照片发给妻子，她说真好看，像个小黄人。

今天，武汉的桃花开了，真美！那么，疫情是不是要走了……

一个基层抗疫者的春节

李 喻

雨,好像已经停了。窗外的夜风在拍打着树枝,无叶的树枝如同伸长的手臂,在清冷的夜风里抖颤,如泣如诉,仿佛在阐述这个不一般的春节。

年前看到排班表,科室的人很是开心。因为七天的春节假大家争取到了电话值班,这待遇可是前所未有的。因为选择了这个职业,几乎每一年春节大家都会有几天当值。正在兴奋畅想宅在家中的情境时,没想到这意外的惊喜,一下落了空!像一个梦,感觉心破碎了,破碎在新型冠状病毒肺炎的忽然来袭中。这些天每看到网上的信息,或接到单位紧急电话召唤,就像寒冷刺骨的雨夜,化成一首哀愁的诗,刺痛着我的心。大年三十下起了雨。初一早上,嘀嘀……嘀嘀……一阵刺耳的铃声惊醒了正在梦中的我……"您好……谁呀?"即使在睡梦中接电话，我还是不敢怠慢来电，这是职业要求，更是职业习惯。"立即！马上！来医院开紧急会议，县委指示全体医护人员取消春节假，集体待命，不得有误。"电话那头传来医院领导急促的声音，可见事情严重。也许从事这个职业的人都有一种本能的条件反射。"好！就来！"疫情就是命令，防控就是责任！电话一挂，我一骨碌从床上爬起，我已经完全恢复到正常状态。几分钟搞定洗漱，随手拿起一包方便面就一头闯进屋外的蒙蒙细雨中……

　　同事们先后赶到了医院，大家神情紧张地纷纷议论这场突发的疫情："听说新型冠状病毒目前还没有药物对抗……""听说武汉已出现新型冠状病毒，已经确诊几例了……好厉害的病毒，这可怎么办？"还有几个在烤火的同事，颤抖得厉害，也不知是冷的，还是被突如其来的病毒吓的。科室里有人唠叨着："今年春节还真有点狼狈，大过年的被雨淋……""这次的疫情很严重，没事不要出门""是呀！在屋里待着……在家隔离……出门戴口罩……""千万不要接触从外地回来的人。"我听着大家七嘴八舌聊天，心里隐隐有些担忧。雨越下越大，还不停地电闪雷鸣，我并不害怕，我只是想起昨夜冒雨出诊一夜未归的老公……在疫情还在蔓延的此时，牵动了我的不安，我的心情和窗外的风雨一样凌乱，飘过的雨点滴进心里，淹没了我的忧愁。"安静！安静！开会了！"院领导用嘶哑的声音吆喝着，打断了我的沉思。庄严的会议室里，吴副院长把凌晨发现外地大巴的事简单介绍了一遍，然后给每一位工作人员安排流程：消毒、测体温、排查等工作。在工作面前，我看到了同事们的严肃认真、一丝不苟，那种敬业精神让人肃然起敬。作为一名共产党员，我一定不能落后他人，我要把目光和笔端投向敢于站在疫情肆意妄为的当下，为避免出现更多感染者，而走在风口上的普通医护人员。我相信，在疫情面前，任何一个普通人都不可能无动于衷。院领导说："这是一场没有硝烟的阻击战，新型冠状病毒的传染性已经超出想象，目前也没有克制此病毒的疫苗，作为一名医务人员就有责任和义务去阻止病毒的蔓延，保护人民群众的生命安全，一切听从党的指挥，义不容辞！"

老公匆忙吃了几口饭又赶去医院工作了。静静的冷雨夜，刚刚到家不久的中医院急诊科主任——我的老公，是一个十足的工作狂。一年到头就没看到他休过什么假，令人欣喜的是，他答应今晚陪我们母女守岁，谁知快十二点的时候电话又响了，说是有个乡镇的老人忽然发高烧，神志不清，刚刚打120急救电话，必须马上出诊。"老婆，用你的电动车送我去上班吧，现在疫情严重，我必须自己去接诊，我得马上去医院。"老公不会骑车。"我这技术你信得过呀？我自己都不确定有这能力……不如让你的同事接你一下吧。"我是有点害怕晚上骑车。老公满脸歉意地央求我道："我不怕，我相信你的驾车技术！救人如救火，赶紧吧！"女儿也体贴入微地对爸爸交代着:"爸爸注意安全,早点回来……"毕竟是大晚上,我还得一个人骑着小电动车回来呢。我们家住得有点偏僻,晚上没有车可搭,可此时我也顾不得自己的驾车技术如何了,在这样一个非常时期,恐惧虽然占了上风,可是内心的信仰在驱使着我,给了我莫名的力量。我是一名防疫工作者,也许此时的勇气可以帮助老公去挽救一个生命,这更是我们夫妻义不容辞的责任。这是一个老人的生命啊!一个简单的理由给了我坚强的信念和坚定的勇气,我不再犹豫,立刻骑着小电动车载着老公火急火燎地赶往急诊科。虽然我才学会骑电动车不久,又是风雨交加的夜晚,我还是平安地把老公送到了工作岗位。当我看着老公来不及与我告别便匆忙下车,不顾仪态地冲进急诊科,立刻换上工作服,和他的同事开始忙活时,我忍不住鼻尖一酸,两滴滚烫的热泪顺着脸庞无声地滑落下来。当我独自骑车回家时,寂静的街上已经看不到一个行人。夜很凉,凉得入心。雨夜的冰冷透出浓浓的惆怅,没有谁能懂我此时的心情。回家的路虽然不很远,却要绕过一段很偏僻的路段,昏暗的路灯被夜色淹没了亮光,忽隐忽现的马路总感觉透着古怪,雨越下越大,顽皮的雨滴湿漉漉地融入我的身体,那种凉飕飕的感觉,如寒风刺骨一般。此时的我找不到一点温暖的感觉,我只有寻找一个征服恐惧的理由,想想刚刚求救的老人,想想默默战斗在第一线的那些医护人员,想想和病魔抗争的感染者……身后传来120出诊的声音,这仿佛就是那传说中的天籁,那是拯救生命的声音,我第一次感觉这声音像音乐一样好听……"各位工作人员,大家各就各位!我们要坚决打赢这场没有硝烟的战争!守护好我们的家园。开始工作!"院领导果断传达工作精神和工作任务。这非比寻常的病毒激活了大家的潜能和勇气。疫情当前,同事们团结一致,听从指挥。测体温,消毒,排查。高速路口、车站、社区,到处都有医护人员的身影。每天二十四小时轮值,我的同事没有一个退缩的。虽然大家知道现在最安全的地方就是家里,谁都知道外出的风险,他们没有三头六臂,他们也是血肉之躯,他们更不会百毒不侵,可是他们不能待在家里,他们要对自己的职业负责,对自己从事的工作尽责。在病毒肆无忌惮的当下,我们将全力以赴阻止病毒的蔓延!各级党委和医护人员义无反顾冲向第一线,为打好抗击疫情阻击战而努力奋斗。我虽然只是一个普通的医护人员,但疫情当前,我看到了生命的脆弱,生命的可贵!这些激起了我心中的斗志和勇气,我穿上那神圣的白大褂时,就不再害怕,因为这是我的职责!我会尽自己最大的努力与疫情抗争,这也是我们医护人员最真的承诺。

妈妈,你为什么不去武汉

刘文娟

面对新型冠状病毒肺炎,即便是医护人员的我,也感到心烦意乱,一边不停地刷疫情进展、实时报道,心情随着数字起伏不定,一边操心买口罩、买菜,烦躁不安。虽然目前还不需要我们专业上一线,但我无法停止对一线同志的感佩和挂念,总想着自己可以做点什么却使不上力。

在这样的复杂情绪之下,虽然和女儿都宅在家里的机会难得,我却很难心平气和地陪伴她。在我刷疫情进展的时候,7岁的她一次次凑过来很认真地念出那些地名和数字,追问我"确诊"和"疑似"的意思。在我和先生讨论疫情变化,聊同事奔赴武汉一线的时候,我完全没有注意到女儿就在旁边听着。

直到她突然问我:"妈妈,你为什么不去武汉?"我一时语塞，有点哭笑不得，孩子果然是孩子，根本不懂得疾病和死亡是怎么回事呀。看着她认真着急又困惑的神情，我意识到，我们需要好好聊一聊。

我轻轻地问她："嗯，全国各地有很多医生叔叔阿姨去武汉支援了，那里暂时还不需要妈妈去帮忙。你为什么希望妈妈去武汉呢？"

女儿很诚恳地说："因为妈妈去打败病毒就是超人啦！这样我就不害怕了。我好多事情都想不明白呢。"这时我才意识到，疫情暴发以来，我自顾不暇，完全忽略了孩子的感受，她也有害怕、担忧和困惑的各种情绪呀。我让她用手比画害怕有多大，像鹌鹑蛋、鸡蛋、鸵鸟蛋还是恐龙蛋，她说："鸡蛋那么大吧。"我说："我自己的害怕也有鸡蛋那么大。"她有点吃惊："原来妈妈的害怕和我的一样大呀！"我说："对呀，还有很多蛋呢！妈妈的担忧像鹌鹑蛋，生气像鸽子蛋，信心像鸵鸟蛋……"我俩说着、比画着，女儿开心地大笑起来。"遇到这样陌生的病毒，那么多人生病，我们就是会有害怕啦，担忧啦，困惑啦，每个人都会有的，这是很正常的反应呢。"我轻轻摸着她的头。

接下来我找到关于病毒是什么、如何预防传染病的视频和绘本，和女儿一起学习起来。我还用她最喜欢的有奖问答形式提了几个问题，给她准备了小奖品。我告诉她，保护好自己不生病其实就可以帮助到别人，而且还交给她特别任务，监督爷爷奶奶出门戴口罩。女儿一下觉得很有干劲,连做作业都认真了不少。

如果你也有孩子,请留意一下孩子的情绪反应吧。经历这样的危机,对孩子幼小的心灵会有很大冲击,同时也可以成为孩子心理成长的契机。您需要做的是认真倾听孩子的感受,让孩子学会接纳自己的情绪,焦虑、害怕可以适度释放,耐心地交流,让他们理解并学会如何防护,鼓励孩子积极行动,帮助别人会让他们觉得有力量。同时也要尽可能保证生活正常化,维持原有的作息,保证充分的睡眠和健康的饮食,这些都有助于孩子的身心健康。

穿越隔离的爱情、亲情与勇气

丁 畏

送给妈妈的玫瑰花

阿里巴巴的数据显示,武汉外卖的异地订单里,有三万笔是给老人的。下单人多是远方的游子,疫情之下的春节里,武汉是他们想回却回不去的家,而留在城中的父母,是他们心里最深的牵挂。

口述骑手:冯庆元　男　40岁

春节前不久,我就回过一次家,之后再回来继续加班。腊月二十九这天早晨刚起床,就看到新闻说武汉要封城,想着家里老人多,干脆就留下来,不把危险带回去。

没能回家过年，好多人都给我打电话，父母、兄弟姐妹这些，连很久没见的远房亲戚都打来电话问候，女儿则是早晚各一个电话"监督"我。

其实最开始也怕，下班回来躺在床上，总是要失眠，到清晨五六点才睡得着。后来我就想：医生是一线，咱们送外卖的也算二线了，我要是不出来，有的人真没办法。

武汉的街头空荡荡，有时一个人骑车走在路上，想起这些天遇到的那些人和事，也不算太糟。

那天接了个盒马的单子，给一对老年人送水果蔬菜。盒马的店员告诉我，这是客服特殊处理的，下单的人是位四十多岁的女士，人在上海回不来，武汉家里只有两个老人相依为命生活。

因为买不到东西，两个老人已经吃了好几天剩菜。店员告诉我，那个女士在电话里直接哭了，事情紧急，让我抓紧。

上了楼，开门的果然是个老人，头发花白，身体有些佝偻，隔着口罩连忙道谢，还硬要塞给我两个口罩。后来听说，那位女士还专门打电话感谢客服，都是为人儿女，她的心情我懂。

我做的这个工作，一直都很平淡琐碎，但这种特殊时期，突然有一些挺有意义的事，竟然都落在我身上。很多订单上都会有一些特别的备注。

像叮嘱戴口罩这种备注，还有些明确的目的，可以看出背后儿女的着急，我可以转告老人。有的备注，没有什么直接目的，比如说："送给爸妈的！麻烦了。""辛苦了，爸妈独自在家，我们在外回不来。""辛苦了，武汉封城，无法回来看望爸妈。"

一开始我想，他们写这些，有什么实际意义？我又能做什么呢？

后来我想明白了，他们这是无奈呀，想爸妈了，又不知道到哪里去说，只好写给我这个会见到他们爸妈的人看，给自己一点安慰。所以后来每次载着这些东西出去送，总会觉得沉甸甸的，觉得意义不同，它们不只是物体，更是感情。

有个身处山东的小伙子，给武汉家里送的东西是84消毒液；有个北京小姑娘特意打电话跟我说，过去时一定要多找找路，因为小区不好走，一定要等到东西送达她才挂电话；还有个远在安徽合肥的女儿，给她妈妈买的东西，是一束鲜红的玫瑰花。

"请骑手小哥跟男朋友说声：我想你。"

疫情隔绝了家人，也隔绝了分处武汉内外的朋友和情侣。在这段时间里，他们不得不忍受无法见面的困扰。但疫情没有隔绝他们之间的互动，通过异地下单，许多人向武汉的朋友和伴侣传递出了各自的关切。武汉也向外传递着自己的声音，虽然身处封城之中，武汉的用户仍在初一到初三期间，给外地的亲友投寄了3995单。

口述骑手：康卓玉　男　33岁

初二下午三点左右，我接到一个订单，是去超市拿东西，仔细一看，东西还真多，估计我一车拉不完。

我又扫了一眼备注，当时就有点被感动到，上面写着蛮长的一段字："您好，这是给我朋友点的，她来参加医疗援助，我不知道具体房间号，请务必送至本人手上，谢谢！"

我很快就找到那家超市，别的门店都关着，长长的街道上，只有这一家还孤零零地开着。订单里的东西大都是吃的，牛奶、饼干、八宝粥之类，装满三个矿泉水包装箱，因为不需要保温，我把其中一箱放在前面踏板上。

武汉街头从没这么空过，路上一个行人都没看到，只偶尔有辆车经过。目的地并不远，三公里多，以前叫一六一医院，现在改名为中部战区总医院。我要送东西的地方是隔壁酒店，这里现在也隔离起来收治病人。

东西只能送到门口，给收货人打电话过去，接电话的是个声音细细的女生，好一阵过后，她才从大楼里走出来，我一看顿时惊了：小巧玲珑的身材，全身军装。

我看东西重，就隔得远远地从口罩里说话，想帮她送一下。她回我"谢谢"，说自己可以分批搬，我不能进去。看着她小小的背影，我一下子明白了，远方那个关心她的男生为何那么焦急。

送过的饿了么单子里，还有不少这样的故事。

有个广州的女生，给武汉的男朋友点了一份黄焖鸡米饭，她在备注里写着："今天男朋友生日，麻烦外卖小哥送到的时候帮我说句：'生日快乐！'异地恋又封城，男朋友一个人吃了很久的泡面了。"

另外一个广州的哥们儿，也在小四川家常菜的湖大店点了餐："我人在外地，担心女朋友一个人在武汉没饭吃。"

我还接过一个非常棘手的活，是个浙江女生给武汉的男朋友买水果，备注里却提了个特殊的要求："请骑手小哥跟男朋友说声：我想你。"

一路上我都在斟酌，这句话怎么说，以及要不要说，不说其实不会有什么影响，我觉得有些害臊。

到了小区进不去，等人出来拿。我远远看到一个男生走过来，裹着袜子，穿着拖鞋，戴个黑框眼镜，胡子也没刮，整个人看起来都很萎靡。

他接了东西，转身就走，走了两步又忽然停下来，有些嘟哝地说了声："辛苦哇，谢谢！"然后我也忽然喊住他，先是"哎"一声，再说："你女朋友让我给你说，她想你。"他听了，咧着嘴笑起来，又说了声："谢谢！"

"给一线的英雄们,麻烦老板全部切块!"

在这段特殊的日子里,上万用户在外卖订单备注里给武汉这座城市加油、祈福。其中备注"武汉加油""祈福武汉"等的订单中超过八成来自上海、北京、杭州等200多个城市。骑手接到的类似送往武汉抗疫一线的外卖订单超过6万单。

口述骑手:刘军武　男　42岁

我是河南人,老婆家乡在湖北,孩子都是岳母在这边带大。我高中毕业后,四处打拼二十多年,最后落脚武汉,当了一名饿了么骑手,比以前在工厂挣得多。

本来春节也没打算回家,想着有补贴,可以多挣点,又遇上疫情,只好加紧着干。

我所在的站点,有个特别的任务,每天给附近的中南医院配送两顿餐,300多份饭,我们8个骑手,由站长带头,轮番上阵,每次回来都要全身消毒。

武汉发生疫情以来,全国人民都伸手援助,之前都是看到新闻上说,有人捐钱,有人捐物资,没想到我也有机会亲身经历这些。武汉虽然封城了,但大家的爱心却没有被隔断,对于这个,我尤其有体会。

因为挨着医院近,我们这边经常接到一些特别的外地订单。对方就是点一份东西,既不是送给家人,也不是送给朋友,而是关心那些一线医护人员,他们也不指定是谁,只说送到医院就行。

这些无名的爱心都特别令人感动,我本来就是要去医院的,所以每当接到这种爱心订单,我都直接放到本来的配餐里,一起送过去,这样既满足了网友献爱心的心愿,把单子接下来,同时也不至于找不到人接收,白白浪费。

这些来自全国各地的订单,一般都会有很长的备注,表达他们对武汉和一线医护人员的关心。

"我是福建安溪人,在安溪与武汉人同在,加油!尽一份绵薄之力,给医院在岗医生护士。"

"这是来自成都的关心,希望医护人员每一位都好好的,不用给我打电话,放前台就可以,谢谢!"

"我是天津这边的,请您帮忙送你们喜欢吃的饺子就可以。除夕夜让医护人员也能吃上饺子!武汉加油!"

"来自南京,老板请按照你们武汉的口味做。"

"甘肃同胞为武汉加油,奋战在一线的英雄们,你们辛苦了,麻烦老板全部切块!"

虽然东西不多,但每一份外卖背后,都是实实在在的热情,我去实现它们,只是举手之劳,心意最重要。

"爸爸爱你的心与你同在!"

此刻还在武汉街头送货的骑手,许多是外地人。因为封城,这个春节他们也无法与家人团聚,众多关心家人的异地订单,不免在他们的心里激起波澜。好在,他们也有人关心。

口述骑手:孙青田　男　28岁

我儿子今年两岁,本来打算回家过年,后来武汉封城,没能回得去,就一个人待在出租屋里,每天跟家里视频,很想他们哪。

虽然整天在外面跑着有风险,但也能收获一些别人没有的东西。我骑车走在街上,就不止一次看到别人对我竖大拇指,对我喊"加油",那种感觉还真是挺好的。

有人会送我口罩,有人托我买东西,还特地跟我说,不要勉强,买不到没关系,注意自己安全。这种陌生人之间的关心,真的令我感到温暖,说实话,以前还挺难有这种经历的。

其实处在我这个位置上,尤其能感受到大家平时都不表现出来的感情。

那天送一份水果,是一位在北京的大姐买的,留言里的口气,一听就是个北方姑娘,称人"大妹子或者大兄弟",还特别嘱咐商家,要把水果洗好切好,"我家那口子"不会。

路程不远，几分钟便到，是个新小区，铁栅门的黑漆发亮。保安把我拦下来，说进不去，只好给收货人打电话。打了三次才通，是个粗厚的声音接起来，对方很忙的样子，只说放在门卫室就好，讲过谢谢就挂了电话。那边的声音听起来有些杂，像是在医院，难怪，会被人那么挂念。

有个单子我送得特别有劲，是杯奶茶，有个很特别的需求，要店家画一个小猪佩奇。我坐在那里等，店员是个年轻姑娘，她在柜台琢磨半天，终于在白纸上画出一个简易的佩奇，小小的，有些变形，但还蛮可爱的。

也是进不了小区，给对方打电话，一个女人接的，旁边还有孩子在嚷，喊爸爸。我想着自己儿子也在家，不能回去看，心里还挺酸。

有个在湖北恩施的爸爸，给他儿子买了好大一堆零食，订单备注里写的是："新年快乐，照顾好自己，虽然不能回来，但是爸爸爱你的心与你同在，啵唧！"

印象还比较深刻的，是给一个小姑娘送吃的，我把东西放在门卫室，远远站着等她来拿。是个戴眼镜的女生，裹着围巾，走路的时候两只手抱在身前，显得冷。

她远远地看到穿着骑手制服的我，头轻微点了一下。这份订单备注里写的是："我妹一个人被困武汉，给她点了东西。感谢骑手！"

"新年好,我很好。"

武汉内外的人们通过外卖订单,传递出的关切各有不同。通过订单内容和备注,外界得以一窥疫情之下全国各地对武汉的温情。

人们给武汉朋友送的外卖订单上,备注里有4000多句"注意疫情",5000多句"武汉加油"……

还有一些订单令人忍俊不禁,譬如,在这些日子里,武汉人通过外卖一共收到了上千副扑克牌、象棋、五子棋,超过一百笔订单的备注里都写着:"千万别出门!"

阿里巴巴的数据还显示,即便身处疫区,许多武汉人仍不忘好好过个年。武汉人之间互相点了1000多笔外卖订单,并留言"过年好""新年好"。

甚至还有300多位武汉用户,在给外地朋友点的外卖里备注——"新年好,我很好。"